Willkommen im Pferdeparadies

Willkommen im Pferdeparadies

Loewe

Ein Reitstall voller Peinlichkeiten

THiLO

Ein Reitstall voller Peinlichkeiten

Der Bube der Kelche

Der *Bube der Kelche*!

Lila starrte die Tarotkarte auf ihren Knien mit großen Augen an. Was diese Karte im Liebesorakel bedeutete, wusste sie natürlich auswendig: Der *Bube der Kelche* kündigte einen Heiratsantrag, einen Liebesbrief oder eine neue Person zum Verlieben an.

Wie lange hatte Lila bei ihren morgendlichen Kartenbefragungen auf dieses Motiv gewartet und nun lag der mittelalterliche Bube mit dem Messinggefäß in den Händen dort und schien sie anzugrinsen.

Für welche Variante sollte sie sich entscheiden?

Lila dachte nach. Für einen Heiratsantrag fühlte sie sich mit ihren zwölf Jahren und fünf Monaten noch ein winziges bisschen zu jung. Andererseits – hatte es nicht zu allen Zeiten Frauen gegeben, die sich mit ihren Männern zwölfjährig oder sogar noch jünger vermählt hatten und trotzdem ein Leben lang glücklich gewesen waren? Meistens irgendwelche Prinzessinnen oder Königinnen in England oder Spanien mit blutleeren Gesichtern und Stehkrägen, an die Lila sich aus ihrem Geschichtsbuch erinnerte. Abgesehen davon fiel ihr allerdings niemand ein, der so früh geheiratet hatte.

Ihre Mutter war 35, als sie ihren Vater ehelichte – reif genug, wie sie immer wieder betonte. Was sie wohl sagen würde, wenn Lila nächste Woche heiraten würde? Mit Schleier und Schleppe und 30-köpfiger Blaskapelle? Vermutlich überhaupt nichts, sie würde es gar nicht so weit kommen lassen. Nein, Lila beließ es dabei, für die Ehe war sie noch nicht bereit.

Dann also der Liebesbrief? Aber wer sollte ihr den schicken? Sie ging in Gedanken ein paar Gesichter aus den siebten und achten Klassen durch, schüttelte aber schnell wieder den Kopf. Die zwei, drei halbwegs interessanten Typen waren leider an Traumfrauen vergeben oder unerreichbar, die restlichen 99 Prozent verbrachten ihre Freizeit mit Computerspielen und dem Zählen ihrer Pickel. Lila schüttelte sich.

Ja, es gab jetzt, nach reiflicher Überlegung, keinen Zweifel mehr: Eine neue Person würde in ihr Leben treten. Nicht gleich heute vielleicht, aber doch sehr bald.

Lila musste die Augen offen halten, so viel war klar, und Mister Right würde nicht nur einfach in ihrem Leben auftauchen, er würde über sie stolpern, sie umrennen, beim Stieren nach ihr vor eine

Laterne laufen oder mindestens auf offener Straße in die Knie gehen und vor Glück in Tränen ausbrechen. Alles nur wegen Lilas Anblick.

Lila war im siebten Himmel. Seit mehr als einem Jahr befand sie sich nun schon in der demütigenden Situation, als einziges weibliches Wesen der 7b U-N-G-E-K-Ü-S-S-T zu sein. Selbst Uta Bahr, die locker als Quasimodos Schwester durchgehen würde, hatte schon im vergangenen Herbst am Kirmessamstag geküsst, wofür es nicht weniger als neun Zeugen gab!

Doch wie ein erneuter Blick auf ihre Knie bestätigte, gab es jetzt endlich auch in Lilas Leben die berechtigte Hoffnung auf romantische Zeiten. Sie seufzte erleichtert auf.

„Lila Schwarz, nimm bitte die Hände aus deinem Schoß!“ Frau Bernt, die fieseste Mathe- und Französischlehrerin seit Aschenputtels Stiefmutter, keifte zu ihr herüber.

Lila hob den Kopf. 27 Augenpaare starrten sie an. 26 Münder grinsten, alle bis auf Frau Bernts.

„Danke für diese Peinlichkeit“, murmelte Lila.

Hände aus dem Schoß! Das hörte sich doch an wie im Mädchenpensionat. Sie war sich sicher, dass alle anderen genau das Gleiche dachten. *Hände aus dem Schoß!* Keiner kam drum herum, dabei an Zweideutigkeiten zu denken. Lila merkte, wie ihr das Blut in die Wangen schoss.

„Lila, du wirst ja ganz lila!", prustete Daniel, der Klassenkasper, los, wie immer äußerst einfallsreich, wenn es um Witze mit ihrem Namen ging. Die anderen brüllten vor Lachen. Lila richtete flehende Blicke Richtung Himmel, doch der Boden des Klassenzimmers tat sich nicht auf und verschluckte sie, nicht mal einen winzigen Millimeter – Lila musste auch noch das letzte anzügliche Grinsen aushalten, bevor die Bernt sich endlich wieder ihrer geliebten Geometrie zuwandte und alle Blicke wohl oder übel ihren Kreidestrichen folgten.

Lila blinzelte zu ihren Knien hinab. Er war noch da, der Bube. Die Karte hatte sich nicht in Luft aufgelöst oder in den *Eremiten* verwandelt, der Einsamkeit und damit Singledasein empfahl. Nein, dass sie innerhalb der nächsten Tage ihrem Traummann begegnen würde, stand außer Zweifel, die Karten irrten sich nie. Die Frage war vielmehr: Würde er bei ihr bleiben, wenn er ihren bescheuerten Namen hörte?

Lila steckte seufzend den *Buben der Kelche* in den Stapel zu den anderen Tarotkarten zurück und nahm die Hände endgültig aus dem Schoß. Da waren sie wieder, die Probleme, die man nur hatte, wenn man Lila Schwarz hieß. Das kurze Glücksgefühl, ausgelöst von der Hoffnung weckenden Karte, war verschwunden und den üblichen Zweifeln gewichen. Keiner bleibt bei einem Mädchen mit so einem lächerlichen Namen – das stand unumstößlich fest, auch wenn die Karten Busladungen von süßen Jungs versprechen sollten. Bleiben würde keiner.

Das Stupsen ihrer Nachbarin riss Lila aus ihren dunklen Gedanken. Ohne den Blick von der Tafel abzuwenden, schob sie Lila einen kleinen, mehrfach geknickten Zettel zu. Als Adressat stand fein säuberlich *Lila Schwarz* auf dem Papier. Lila faltete ihn aufgeregt auseinander – hatte der *Bube der Kelche* doch einen Liebesbrief angekündigt?

„WER KANN MIT ZWEI WORTEN SEINEN NAMEN UND SEINE BEIDEN LIEBLINGSFARBEN NENNEN?“, war die Frage, die der Brief stellte. Die Antwort darauf hatte sie bereits vor wenigen Sekunden gelesen. Daniel duckte sich unter ihrem Blick und kicherte leise in sich hinein.

Lila verdrehte die Augen. Die Sommerferien waren seit einer Woche vorbei, und das Schuljahr wollte und wollte kein Ende nehmen.

Ein Name zum Davonlaufen

„Warum musstet ihr mir ausgerechnet den Vornamen geben, der sich am allerbescheuertsten zu meinem Nachnamen anhört?“

Zur Begrüßung flog Lilas Schultasche in hohem Bogen durch die Küche, landete auf dem Esstisch und warf zwei Gläser um.

„Danke der Nachfrage, mein Vormittag war auch sehr schön!“, entgegnete Frau Schwarz knapp und überreichte Lila den Spülschwamm. Grummelnd machte sich Lila daran, die Saftpfützen wegzuwischen.

„Sei froh, dass wir nicht *Schlüpfer* mit Nachnamen heißen!“, sagte Herr Schwarz grinsend. Wenn er wollte, konnte er wirklich wahnsinnig witzig sein. Lila warf ihrem Vater einen giftigen Blick zu.

„Niemand will mit einem Mädchen gehen, das Lila Schwarz heißt!“, schimpfte sie. „Kein Wunder, dass ich als Einzige in meiner Klasse noch nie geknutscht habe!“

Lila zuckte zusammen. Eigentlich benutzte sie dieses Wort nicht im Beisein ihrer Eltern, die ausgesprochene Spießer waren, wenn es um Liebe oder gar *Sex* ging. Aber wenn sie in Fahrt war, vergaß sie nun mal alles um sich herum.

„Dann stell dich doch beim nächsten Mal als Lieschen Müller vor", schlug Herr Schwarz vor und wandte sich wieder seiner Zeitung zu. „Außerdem darfst du von mir aus ruhig noch ein bisschen älter werden zum *Knutschen*!"

Lilas Vater sprach dieses Aufregung verheißende Wort so aus, dass einem in der Tat augenblicklich jede Lust aufs Knutschen vergehen konnte. Lila verzog das Gesicht.

Ihre Mutter versuchte nur halbherzig, die Wogen zu glätten. „Wenn wir geahnt hätten, dass dir dieser schöne Name so wenig gefällt, hätten wir dich sicher Gisela genannt. Aber so wirst du dich wohl oder übel damit abfinden müssen."

Das war das Schlusswort. Lila hatte sich oft genug bei ihren Eltern über ihren Namen beschwert, um das beurteilen zu können. Sie seufzte dreimal tief, setzte sich auf ihren Stuhl, wartete geduldig, bis auch ihr Vater sich bequemte, die Zeitung wegzulegen, und löffelte schweigend ihre Kartoffelsuppe. Der Tag war ohnehin verdorben, was machte es da schon aus, dass es ausgerechnet ihr erklärtes „Lieblingsessen" gab.

Nachdem sie den schleimigen Geschmack der Suppe mit reichlich Apfelschorle hinuntergespült und sich eine geschlagene Stunde durch Frau Bernts

Hausaufgaben gekämpft hatte, war endlich die Zeit gekommen, alle Sorgen und Peinlichkeiten des Tages zu vergessen.

Lila packte ihren Rucksack, setzte sich auf ihr Mountainbike und machte sich auf den Weg zum Reitplatz. Nach einer Viertelstunde wurden die Häuser weniger. Noch ein Stück die Landstraße hinauf, dann bog sie auf das Gelände ihres Reiterhofs ab.

Seit drei Jahren kam sie fast jeden Tag hierher. Zunächst war sie als normale Reitschülerin einmal pro Woche gekommen, doch schon bald hatte ihr das nicht mehr genügt, und sie hatte eines der älteren Mädchen so lange genervt, bis es ihr in nur zwei Wochen alles über die Pflege von Pferden beigebracht hatte, was es wusste.

Nach diesem 14-tägigen Crashkurs war sie mit dreckigen Stiefeln geradewegs in das Büro des Reiterhofbesitzers marschiert und hatte ihm klargemacht: Ich komme jeden Tag und helfe im Stall, wenn ich dafür Feurio als Pflegepferd bekomme und ihn reiten darf, sooft ich Lust habe.

Feurio war von Anfang an ihr absoluter Liebling unter den Schulpferden im Stall gewesen. Niemand konnte so richtig verstehen, warum, denn Feurio war schon ziemlich alt und wurde kaum noch im Reitunterricht eingesetzt. Aber für Lila konnte es kein besseres Pferd geben als den braunweißen Schecken.

Sie konnte sich noch gut an das Schmunzeln von Herrn Heger, dem Hofbesitzer, erinnern, das sie damals nicht verstanden hatte. Er ließ sich auf das Geschäft ein.

Von diesem Tag an pflegte sie die Pferde und packte überall mit an, wo Not am Mann war. Erst am frühen Abend kam sie für gewöhnlich dazu, sich in Feurios Sattel zu schwingen und an der Reitstunde teilzunehmen oder eine Runde ins Gelände zu gehen. Aber diese Zeit mit ihrem Lieblingspferd machte alle Mühe des Tages wett.

Lila seufzte. Diese Forschheit, mit der sie früher alles bekommen und jeden für sich einnehmen konnte, war leider in den folgenden Jahren ohne den winzigsten Rest verflogen, ohne dass sie so recht wusste, warum. Heute wurde sie bei der kleinsten Bemerkung rot, und mit Jungs konnte sie gar nicht mehr reden, ohne sich total zu verkrampfen.

Lila schob ihr Fahrrad über den Hof und lehnte es an die Außenwand des Stalls. Abschließen musste sie ihr Rad nicht, hier kannte jeder jeden, und auch die Jungs vom benachbarten Fußballplatz hätten es nicht mal gewagt, einen Strohhalm vom Hof zu stehlen.

Lila betrat den Stall, der wie immer wunderbar nach Heu und nach Pferd duftete. Ihre Augen gewöhnten sich schnell an das Dämmerlicht, aber auch in finsterster Nacht hätte sie sich mit schlafwandlerischer Sicherheit zwischen den Boxen bewegen können. Der Hof war ihr zweites Zuhause, zu jedem Pferd konnte sie mindestens eine Geschichte erzählen.

Ganz vorne stand Tamino, ein stolzer Araber und mit Abstand das teuerste Pferd im Stall. Daneben lugte gelangweilt Bambi zwischen den Gitterstäben hervor, eine dreizehnjährige Stute, die nicht einfach zu reiten und deshalb bei den meisten Reitschülern recht unbeliebt war. In der dritten Box der Reihe war ein Schimmel untergebracht, den sein erster Besitzer, ein ausgesprochener Witzbold, Black Beauty genannt hatte.

Box vier stand zurzeit leer, und aus der fünften, der Sattelkammer gegenüber, tönte Lila schon ein kräftiges Schnauben entgegen. Feurio hatte sie offensichtlich schon erwartet und seine Nase über die Wand der Box auf die Stallgasse gestreckt. Lila warf ihren Rucksack auf den Boden, öffnete die Tür und trat ein. Sofort rieb der scheckige Wallach so liebevoll seinen Kopf an ihr, dass Lila beinahe wieder aus der Box gestolpert wäre. Lachend klopfte sie Feurio den Hals und drückte ihm einen dicken Kuss auf den braunen Fleck zwischen seinen Augen.

„Ach, mein Süßer! Wenigstens du hältst immer zu mir!“, flüsterte Lila und vergrub ihr Gesicht in Feurios weiß-brauner Wuschelmähne. Als hätte

Feurio verstanden, dass er sich nach diesem aufregenden Vormittag besonders um seine Lieblingsreiterin kümmern musste, drückte er sich noch näher an Lila heran. Lila blieb noch eine Weile bei ihm stehen, dann verabschiedete sie sich von dem Schecken.

„Ich beeile mich, o.k.?", flüsterte sie ihm ins Ohr. „Wenn ich mit allem fertig bin, komm ich zurück, und wir zwei drehen eine Runde durch den Wald! Versprochen!"

Lila verließ den Stall und holte die Stuten von der Koppel. Danach half sie Inga, der Auszubildenden, beim Füttern. Erst bekamen alle Pferde eine ordentliche Portion Heu, später gab es das Kraftfutter.

Bei Grobi, einem lustigen Pony mit honiggelbem Fell, machte Lila länger halt. Auch mit ihm kuschelte sie eine Weile, denn Grobi musste strenge Diät halten. Die Besucher des Reiterhofs und ihre Kinder hatten ihm über Jahre zu viele Leckerlis zugesteckt und Grobi war an der gefährlichen Hufrehe erkrankt. Nun musste er auf Rindenmulch statt auf Stroh stehen und bekam nur noch wenig Futter – dafür aber eine besonders große Ration Liebe von Lila.

Nach zwei Stunden konnte sie endlich zu Feurio zurückkehren, der inzwischen seinen Futtertrog geleert hatte. Lila band ihn auf der Stallgasse an und putzte ihn gründlich.

Als sie ihn schließlich gesattelt und aufgezäumt an ihrem Rucksack vorbeiführte, hielt sie einen Moment inne und dachte nach.

„Ja, warum eigentlich nicht!“, murmelte sie vor sich hin. „Vielleicht kannst du mir Mut machen!“ Sie griff nach dem Rucksack und holte die abgegriffene Mahagonikiste heraus. „Hier, Feurio, ich muss dir was zeigen!“

Lila klappte den Deckel der Kiste auf, fingerte aus dem Stapel der Tarotkarten den *Buben der Kelche* heraus und hielt dem Pferd die Karte unter die Nase.

„Heute war es endlich so weit“, erklärte sie ihm.

Feurio schien nicht mehr vom Tarot zu verstehen als irgendein anderes Pferd. Jedenfalls starrte er nur kurz auf die Karte, sah dann Lila mit einem schrägen Blick an, der wohl so viel bedeutete wie „Das soll ich fressen?“, und scharrte ungeduldig mit dem Huf.

Er wollte offensichtlich endlich aufbrechen, doch Lila musste erst die bahnbrechende, alles verändernde Nachricht loswerden.

„Das, mein lieber Feurio, ist der *Bube der Kelche*. Ein absoluter Liebesbote! Heute Morgen habe ich ihn endlich gezogen. Weißt du, was das bedeutet?“

Der Schecke schüttelte unwillig den Kopf, um eine Schnake zu vertreiben, die sich neben seinem Auge niedergelassen hatte.

„Schon bald werden wir zu dritt sein“, fuhr Lila

fort. „Du, ich und der beste Küsser der Stadt. Na, was sagst du dazu?“

„Dass du einen ziemlichen Schatten hast, Fräulein Blau!“

Lila fuhr herum. Fräulein Blau – so wurde sie nur von einer Person genannt. Richtig. Hinter ihr stand grinsend Pauline Grimm, die unsympathischste Ziege des ganzen Reitvereins.

Der Schock

16 Jahre alt, Stupsnase und lange, blonde Haare, das war, kurz und knapp zusammengefasst, Pauline Grimm.

Wie ein aufgeplusterter Pfau pflegte sie über den Reiterhof zu stolzieren, als gehöre ihr mindestens die halbe Stadt. Dabei war sie auch nur eines der Mädchen, die ein Pflegepferd hatten – allerdings das teuerste, den schicken Tamino.

Pauline brachte gerne männliche Begleiter mit in den Stall, die ihr dann bewundernd zusahen, wenn sie auf ihrem edlen Ross durch die Reitbahn schwebte.

Zum Sommerfest vor vier Wochen war sie sogar von einem Porsche zum Reiterhof gebracht worden, bei dessen Fahrer sie sich mit einem dicken Kuss bedankte.

Mit einem Wort: Jede andere Zeugin für ihre Worte wäre Lila lieber gewesen! Ausgerechnet diese Oberbarbie musste ihr peinliches Gespräch mit Feurio über ihren künftigen Boyfriend belauschen …

„Darf ich mal sehen?“

Ehe Lila reagieren konnte, grapschte sich Pauline die Tarotkarte und starrte sie mit gespieltem Interesse an. Spöttisch gab sie ihren Kommentar ab. „Ist wirklich süß, der Kleine. Und ihr seid also ein Paar, hm?“

Pauline lächelte boshaft und betrachtete Lila von oben bis unten.

„Ihr passt ja auch echt gut zusammen!“

Lila versuchte, die Karte zurückzuerobern, doch die aufgetakelte Zicke ließ sich die Butter nicht mehr vom Brot nehmen.

„Gefällt mir gut, dein Traumboy. Und was für modische Strumpfhosen er unter seinem Rock trägt – der letzte Schrei! Vielleicht nicht gerade in Paris, aber doch mindestens in Untertutendorf. Hast du noch mehr Fotos?“

Endlich hatte Pauline die Gnade, der puterroten Lila mit einem überlegenen Grinsen die Karte zurückzugeben. Ohne ein Wort steckte Lila den *Buben der Kelche* zurück in die Schachtel und ließ sie in ihrem Rucksack verschwinden.

Warum fielen ihr bloß zu solchen Gemeinheiten nie die passenden Antworten ein? Heute Abend im Bett würde sie bestimmt wissen, was sie diesem Dummbrot an den Kopf werfen könnte. Nur würde es dann zu spät sein. Aber jetzt? Ihr Gehirn war wie leer gefegt. Außerdem hatte sie auch noch einen Kloß im Hals, sodass sie nicht einmal „blöde Kuh“ stammeln konnte.

Mit hängendem Kopf schlich sie vor der triumphierenden Giftspritze davon.

Lila war sich sicher: Noch nie im Leben hatte sie sich so gedemütigt gefühlt.

Doch es war noch nicht vorbei. Erst jetzt sprach Pauline die Worte, die Lila endgültig zerschmettern sollten. Diesen Trumpf hatte sie sich mit sichtlichem Vergnügen bis zum Schluss aufgehoben: „Außerdem wird dein Feurio verkauft, Fräulein Blau. 1000 Euro soll er nur kosten, mehr ist das Klappergestell nun auch wirklich nicht mehr wert!“

Es zog Lila den Boden unter den Füßen weg. Ihr Magen drehte sich wie in der Achterbahn, ihr Kopf brummte, und vor ihren Augen wurde es abwechselnd grün und schwarz. Feurio sollte verkauft werden? Das konnte nicht wahr sein! Aber Pauline wusste stets alles, was auf dem Hof passierte, auch die Sachen, die kein anderer mitbekam.

Zum ersten Mal in ihrem gemeinsamen Leben ließ Lila Feurio einfach mitten auf der Stallgasse stehen und lief zum schwarzen Brett, an dem solche Neuigkeiten für gewöhnlich angeschlagen waren. Und da stand es, schwarz auf weiß:

Verkaufe: Feurio.
18-jähriger Paint-Horse-Wallach,
Mutter Apanatchi, Vater Fabriano.
Festpreis 1 000 Euro.

Darunter noch eine Telefonnummer.

Die Buchstaben fingen an, vor ihren Augen zu tanzen. Apanatchi, Fabriano, Feurio, Apanatchi, Fabriano, Feurio, Feurio, Feurio, Feurio ...

„Na, Fräulein Blau. Hast du etwa geglaubt, ich lüge?“

Lila drehte sich nicht mehr um. Sie rannte zu Feurio zurück, zog ihn aus dem Stall und ritt so schnell wie möglich zum Wald.

1000 Euro, 1000 Euro, hämmerte es zwischen ihren Augen. Endlich erreichten sie die Bäume. Sobald sie vom Hof aus nicht mehr zu sehen waren, parierte sie Feurio durch, schlang die Arme um seinen warmen Hals und ließ den seit dem Morgen angesammelten Tränen freien Lauf.

Noch mehr Farben

In Notfällen wurde Lila von ihrem Vater persönlich geweckt – und an diesem Montag war der Notfall eindeutig eingetreten, Lila hatte zwei Wecker überhört.

„Lila, aufstehen, du musst zur Schule!“

Aufstehen? Schule? Diese beiden Worte passten überhaupt nicht zu Lilas derzeitigem Zustand, aber pflichtbewusst, wie ihr Vater war, sorgte er dafür, dass seine Tochter wenige Minuten später am Frühstückstisch auftauchte – auch wenn sie geradewegs dem Video „Die Nacht der lebenden Leichen“ entstiegen zu sein schien. Mit halb geschlossenen Augen löffelte Lila eine Schale Müsli, wobei sie beinahe die Hälfte der Milch auf ihr Lieblings-T-Shirt schüttete, und schwang sich zähneknirschend auf ihr Fahrrad.

Sie hatte das schlimmste Wochenende ihres Lebens hinter sich. Nachdem sie am Freitagabend vom Reitstall gekommen war, hatte sie sich zu Hause breitbeinig vor den Fernseher gestellt und ihre Eltern zum Zuhören gezwungen.

1000 Euro sollten sie herausrücken, als Anzahlung auf ihr Erbe, als Taschengeldvorschuss bis zur Hochzeit oder als verdiente Entschädigung für ihren bekloppten Namen, hatte sie mit geröteten Augen gefordert.

Auch wenn die Schwarzens ihrem Bericht über Feurios drohenden Verkauf ernsthaft gelauscht hatten, schüttelten sie doch anschließend den Kopf.

„Ein Pferd? Dafür haben wir nun wirklich kein Geld!“, hatte ihr Vater erklärt, und auch ihre Mutter war nicht zu erweichen gewesen.

„Es ist ja nicht nur der Kaufpreis, Lila“, hatte sie gesagt. „Denk doch mal an die Stallmiete und die Tierarztkosten!“ Damit war die Diskussion beendet gewesen.

Lila hatte nur „Ich hasse euch!“ gebrüllt und war in ihr Zimmer gestürmt. Sie hatte die Tür so heftig zugeworfen, dass die scheußliche Gipsfigur von Oma auf den Boden gefallen und zersprungen war – das mit Abstand positivste Ereignis des gesamten Tages.

Der Rest war Weinen und Fluchen. Auf ihre geizigen Eltern, darauf, dass man als Zwölfjährige niemals so einen Haufen Geld zusammenbekommen konnte, und, wo sie schon einmal dabei war, auch auf ihren unbekannten Traumboy, der noch nicht einmal in Erscheinung getreten war, vermutlich, weil er nur auf ihren Namen achtete.

Lila hatte fast das ganze Wochenende in ihrem

Zimmer verbracht und kein Wort mit ihren Eltern gesprochen.

Noch in der Nacht von Sonntag auf Montag hatte sie stundenlang geweint und sich verzweifelt im Bett hin und her gewälzt. Erst viele Stunden später war sie dann doch eingeschlafen.

Wenige Minuten darauf hatte sie ganz weit entfernt das sanfte Schütteln ihres Vaters an der Schulter gespürt.

Auf dem Weg zur Schule wurden ihre Lider schwerer und schwerer. Schließlich gab sie dem Gewicht nach und fuhr mit geschlossenen Augen weiter. Diesmal weckte sie kein sanftes Schütteln, sondern ein nervöses Hupen. Hals über Kopf rauschte Lila in den Straßengraben. Nur ihrer vom Reiten geschulten Reaktionsschnelle war es zu verdanken, dass sie sich noch rechtzeitig abfangen konnte und nicht den Hals brach.

Nachdem sie dem Fahrer des Wagens einen Vogel gezeigt hatte, stieg Lila mit schmerzendem Knie wieder auf ihr Mountainbike und setzte ihren Weg fort. Diesmal blieben die Augen offen, doch alles Rasen nutzte jetzt nichts mehr. Lila stellte gerade ihr Fahrrad ab, als sie die Schulglocke hörte.

Hastig sprang sie trotz der Schmerzen die Treppenstufen zum Chemiesaal hinauf, riss die Tür auf – und platzte in die Stunde der 8c, wo ausgerechnet Sebastian, der Schulschwarm, dabei war, ein Knallgasexperiment vorzubereiten. Ihn auf sich aufmerksam zu machen war schon immer ein Tagtraum von Lila gewesen, allerdings hatte sie in diesen Träumen weder verheulte Augen noch ein blutendes Knie, noch Müslieflecken auf dem T-Shirt gehabt.

„'tschuldigung, falscher Raum", stammelte Lila und schloss die Tür wieder. Logisch, mit dem neuen Schuljahr hatte auch der Stundenplan gewechselt. Montags in der ersten Stunde war jetzt nicht mehr Chemie, sondern ... ausgerechnet Mathematik, wie Lila mit einem Blick in den neuen Stundenplan feststellte.

„Verdammt!", schimpfte sie, denn ihre Hausaufgaben für Frau Bernt lagen schön ordentlich daheim auf ihrem Schreibtisch. Und mit dem Chemiebuch der sechsten Klasse würde sie sich bei ihr auch nicht herausreden können.

Kurz dachte Lila daran, die Schule wieder zu verlassen und nach Australien auszuwandern oder wenigstens zu schwänzen. Doch dann überlegte sie es sich anders.

„Feurio soll verkauft werden, was kümmern mich da vergessene Hefte", seufzte sie.

Einige Sekunden horchte sie an der Tür des Klassenzimmers, und als die keifende Stimme eindeutig belegte, dass hier gerade Frau Hände-aus-dem-Schoß unterrichtete, trat Lila ohne Gruß ein und schlich auf ihren Platz.

„Lila Schwarz, wenn du schon beinahe zehn Minuten zu spät kommst, könntest du dich wenigstens entschuldigen!“

Lila zog die Mundwinkel zu einem kurzen „’tschuldigung“ auseinander, doch ihrer Lehrerin war das offensichtlich nicht genug.

„Da du uns schon nicht verraten willst, warum du zu spät kommst, kannst du uns wenigstens zeigen, was du übers Wochenende gelernt hast!“

Die Bernt kam im Stechschritt auf sie zu.

Jetzt sind die Hausaufgaben dran, durchzuckte es Lila. Wenn nicht sofort ein Wunder geschieht, sind jetzt die Hausaufgaben dran. Ihre Kehle zog sich zusammen, und wäre sie nicht schon lange leer geheult gewesen, wären ihr auch noch die Tränen in die Augen geschossen.

Doch das Wunder geschah, sogar in doppelter Hinsicht. Gerade als ihre Mathelehrerin Lilas Tisch erreicht hatte, wurde die Klassentür erneut ohne Klopfen aufgezogen.

Frau Bernt wollte gerade ein Donnerwetter loslassen, als sie ihre Chefin im Türrahmen erkannte, Oberstudiendirektorin Eunike Pilz. Schlagartig änderte sich ihre Miene.

„Oh, Frau Pilz, was verschafft uns die Ehre?“, säuselte Frau Bernt Richtung Tür und buckelte zurück zur Tafel wie ein untertäniger Minister vor seinem König.

„Ich wollte Ihnen Ihre neue Schülerin persönlich vorbeibringen“, antwortete die Rektorin knapp.

Genau aufs Stichwort erschien die Neue im Klassenraum, machte einen braven Knicks Richtung Bernt, grinste dabei aber über beide Wangen. Zwei Jungs pfiffen albern auf ihren Fingern, aber auch Lila mochte das Mädchen sofort. Ihre frechen grünen Augen, ihre coole Kurzhaarfrisur und besonders die Schlaghosen, die sie trotz der Hitze trug.

Bestimmt hatte ihre Lebensretterin auch einen coolen Namen wie Marlene oder Lotte, dachte Lila. Auf jeden Fall einen, bei dem jedem Jungen sofort die Spucke wegblieb.

Rektorin Pilz legte ihre Hand auf die Schulter der neuen Klassenkameradin. „Darf ich euch Rosa Braun vorstellen!"

Lila und Daniel fielen gleichzeitig fast vom Stuhl.

„Noch mehr Farben!", kreischte der Klassenkasper und hielt sich den Bauch.

Lila vergaß zu atmen. Irgendetwas im kosmischen Plan stimmte nicht, irgendjemand legte es darauf an, sie gehörig zu foppen.

Rosa Braun, so ein Unsinn! Noch ein Mädchen mit so einem schweren Schicksal wie dem ihren konnte es nicht geben auf der Welt – und in ihrer Nähe schon gar nicht.

Allen Ernstes wartete Lila darauf, dass auch Frau Pilz in einen Lachkrampf ausbrechen, mit dem Finger auf Lila zeigen und „Angeschmiert,

angeschmiert!“ rufen würde. Doch nichts Derartiges passierte.

Stattdessen nahm die neue Schülerin Rosa Braun auf dem freien Stuhl direkt neben Lila Platz, zog ihr nagelneues Mathebuch aus der Tasche und legte sich unauffällig ein Manga-Heft auf die Knie. Dann vertiefte sie sich in den Comic, während Frau Bernt mit dem Unterricht fortfuhr.

Vor lauter Verwirrung konnte auch Lila nicht mehr zuhören. Wenigstens hatte die Mathelehrerin ihre Hausaufgaben von Freitag vergessen.

Lila schielte ein paarmal auf die schwarz-weißen Zeichnungen des Manga, wobei ihr Rosa lustig zuzwinkerte. Ja, es war höchste Zeit, die Karten über ihre gemeinsame Zukunft zu befragen!

Sie schloss die Augen und formulierte ihre Frage ans Tarot: Werden Rosa und ich Freundinnen?

Beinahe so lautlos, wie Rosa umblätterte, mischte Lila ihr Tarot, griff in den Stapel und drehte die gewählte Karte um: ein Regenbogen mit zwei glücklichen Menschen darunter, die *Zehn Kelche*! Zur Bedeutung sagte das Bild genug. Die richtigen Menschen hatten zueinander gefunden.

Ringkampf mit Happy End

Noch hatten die beiden richtigen Menschen allerdings nicht *richtig* zueinander gefunden, denn dazu hätte Lila die Neue ansprechen müssen.

Aber dafür fühlte sie sich viel zu uncool, erst recht nach einer fast durchwachten Nacht und einem Fahrradunfall.

Und was sollte sie zu ihr sagen? „Hallo, bist du die Neue?“ erschien ihr zu trivial – und mit der Tür ins Haus fallen konnte sie schließlich auch nicht. „Wir zwei sind füreinander bestimmt!“ hätte Rosa sicher in den falschen Hals gekriegt. So vergingen unter Grübeln zwei Stunden Mathe.

Als sich Lila endlich die passenden Worte – „Hallo, ich bin Lila“ – zurechtgelegt hatte, gongte es zur großen Pause, und die coolen Jungs um Daniel nahmen Rosa Braun in Beschlag. Zwar stellte sich Lila zu dem Pulk, doch Rosa würdigte sie keines Blickes. Sie genoss sichtlich die Aufmerksamkeit der Jungen, aber Lila sah auch, dass Rosa es gewöhnt war, im Mittelpunkt zu stehen, und die Bewunderung der Männerwelt als Selbstverständlichkeit hinnahm.

Lila wandte sich neidisch ab. Damit war die Chance erst mal vertan. In den nächsten Stunden wechselten sie ständig die Räume, und die Neue saß meilenweit von Lila entfernt.

Nach der Schule verlor Lila sie gänzlich aus den Augen und fuhr mit schmerzendem Knie allein nach Hause.

Außerdem musste sie wieder an Feurio denken, daran, dass er verkauft und auf einen anderen Hof gebracht werden würde, wo ihn wahrscheinlich eine Besitzerin der Marke Bernt mit harter Hand reiten würde.

Lila schüttelte den Kopf. So ein Unsinn! Feurio würde verkauft werden, ja, aber bestimmt nicht an einen Tierquäler oder die nächste Wurstfabrik. Trotzdem stocherte sie beim Mittagessen trübselig und ohne jeden Appetit in ihrem Hackbraten herum.

Danach half sie ihrer Mutter freiwillig beim Abspülen, brachte den Müll nach draußen, machte die Hausaufgaben für die komplette Woche und räumte ihren Kleiderschrank auf.

Als Lila gerade zum Staubsauger griff, um das blitzblanke Wohnzimmer zu saugen, hielt Frau Schwarz ihren Arm fest.

„Lila, quäl dich doch nicht so. Auf dem Hof gibt es noch genug andere Pferde, die deine Pflege brauchen!“

Lila riss sich trotzig los.

„Ich will aber Feurio! Und ausgerechnet der wird verkauft!“

Frau Schwarz nahm ihre Tochter in den Arm und zog sie mit sanfter Gewalt an sich.

„Wenn das so ist, musst du erst recht zum Hof. Nutz die Zeit, um dich von ihm zu verabschieden!“

Lilas Widerstand war gebrochen. Sie presste ihr Gesicht an die Schulter ihrer Mutter und schniefte. So geborgen hatte sie sich bei ihr lange nicht gefühlt.

Kopfüber tauchte sie in die blaue Bluse ein, bis ebenso blaue Sterne vor ihren Augen tanzten. Dort, in den Tiefen des Stoffes, trat ihr der Bube aus dem Tarot entgegen.

Der mittelalterliche Jüngling winkte mit dem Kelch und lächelte Lila zu. „Ich warte auf dich“, flüsterte er – dann verschwand er im gleißenden Sonnenschein.

Huch!

Lila hob verwundert ihr Gesicht. Vor ihr stand noch immer ihre Mutter und streichelte ihr zärtlich über die Haare. Und Frau Schwarz trug weder Kopftuch noch Holzschuhe, hatte kein Spinnrad zwischen den Beinen oder sah sonst irgendwie mittelalterlich aus.

„Du hast recht, Mama!“, seufzte Lila. „Solange Feurio noch da ist, werde ich die Tage mit ihm genießen.“

Mit neuem Lebensmut ging Lila ins Bad und sah in den Spiegel. Ihr Lidstrich surfte auf einer Träne Richtung Südpol. Mit dem Handrücken wischte sie die schwarze Farbe weg. Jetzt sah ihr Gesicht wie durchgestrichen aus. Lila musste lächeln.

„Durchgestrichen, genau!“, dachte sie. „Gestern war gestern, heute ist heute – und vor allem: Morgen ist morgen! Dann kommt mein Prinz!“

Erstaunlich guter Dinge klappte sie den Schminkkoffer ihrer Mutter auf. Hier fand sie alles, um ihr Gesicht wieder einigermaßen in ein Gesicht zu verwandeln und die Heulspuren von beinahe 72 Stunden zu beseitigen.

„Viel besser“, murmelte Lila, als sie fertig war, und machte sich, um Fassung bemüht, auf den Weg zum Reiterhof.

Feurio wird zu guten Menschen kommen, und ich werde auf dem Hof einen neuen Liebling finden, sagte sie sich.

Vielleicht Bambi, die die meiste Zeit des Tages in ihrer Box stand und nur bewegt wurde, wenn es gar nicht mehr anders ging?

Oder den kleinen kranken Grobi, der immer so sehnsüchtig mit seinen kugelrunden Augen den Futterrationen der anderen Pferde hinterherblickte?

Ja, es gab genug tolle Pferde auf dem Reiterhof. Um eines davon würde sie sich bald mit voller Hingabe kümmern.

Mit neuer Hoffnung strampelte Lila den letzten Anstieg hinauf.

Bis zur Einfahrt hielt ihre Zuversicht, doch beim Anblick der Reithalle musste sie unweigerlich an die vielen zauberhaften Stunden mit Feurio denken und daran, dass diese Stunden nun gezählt waren.

Mit wackeligen Knien schlich sie in den Stall – und ihre schlimmsten Befürchtungen wurden noch übertroffen: Feurios Box war leer!

„Feurio!"

Lila schrie aus Leibeskräften den Namen ihres Lieblings.

Wie in Trance rannte sie den Gang zurück nach draußen. War Feurio womöglich schon verkauft worden? Katrin musste sie *sofort* aufklären. Wahrscheinlich saß sie im Café Hufeisen herum.

„Feurio!"

Keuchend rannte Lila über den Weg zwischen Hof und Fußballplatz. 22 Spieler plus Schiedsrichter machten ziemlich verdutzte Gesichter – sie schienen zu rätseln, ob dieser Ruf nun Freude oder Trauer ausdrücken sollte oder ob der Teeny, der dort kreischend am Spielfeldrand entlangrannte, einfach nur vergessen hatte, seine Medikamente zu nehmen.

„Feurio!", brüllte Lila noch einmal aus Leibeskräften, bis sie die vielen Augen auf ihrem Körper spürte. Auch Sebastian, der Schulschwarm, war unter den Spielern, doch das schockte Lila nun auch nicht mehr.

Sie lief auf das Café zu, das man vom Reiterhof und vom Fußballplatz aus betreten konnte. Kurz bevor sie in das Gebäude trat, fiel ihr Blick zufällig auf den Pfad, der von der Koppel zum Stall führte.

Und dort entdeckte sie ein bekanntes weißbraun geschecktes Hinterteil – Feurio!

Neben ihm lief mit blanken Stiefeln offensichtlich seine neue Besitzerin.

Ohne weiter nachzudenken, stürzte sich Lila, wie eine Furie schreiend, auf das Mädchen, riss sie von Feurio weg, drückte sie mit dem Gesicht in den Staub und brüllte: „Mein Pferd kriegst du nicht, du blöde Schnepfe!"

Dann zerrte sie ebendiese blöde Schnepfe herum. Sie wollte sehen, wer ihr ihren Liebling weggeschnappt hatte.

Unter ihr lag, dreckverschmiert, aber doch deutlich zu erkennen, Rosa Braun!

„Kommst du öfter hierher?", fragte Rosa, ein bisschen außer Atem.

Lila ließ sich geschockt neben Rosa in den Staub fallen – warum nur musste sie alles verbocken? Dieses Missgeschick würde sie nur mit einer äußerst komplizierten Gedankenkonstruktion auf ihren bescheuerten Namen schieben können.

Drei Minuten lang sagte keine von ihnen einen Ton, dann brach Rosa das Schweigen.

„Warum hast du mich denn heute Morgen die ganze Zeit so komisch angeguckt?“

Lila zuckte mit den Schultern.

„Wegen deinem Namen – ich heiße nämlich Lila Schwarz!“

Rosa war überhaupt nicht verwundert.

„Cool! Und dann bist du auch noch eine genauso große Pferdenärrin wie ich – wir *müssen* beste Freundinnen werden!“

Lila träumte nicht. Das Mädchen, dem sie eben beinahe sämtliche Knochen im Leib gebrochen hatte, sprach tatsächlich diesen Satz und hielt ihr auch noch die Hand zur Versöhnung hin.

Nein, nicht mal nur zur Versöhnung, Rosa hatte die Sache längst vergessen! Sie hielt ihr die Hand hin, um ihre Freundschaft zu besiegeln. Wie gern griff Lila zu!

Küsse und Geheimnisse

Ebenso gerne griff Rosa zu, als Lila ihr im Café Hufeisen als kleine Entschädigung ein Stück Himbeertorte spendierte.

„Dann hast du also Feurio gar nicht gekauft?“, wollte Lila wissen.

Rosa schüttelte den Kopf.

„Nein! Sehe ich aus, als hätte ich Geld für ein eigenes Pferd? Ich bin letzte Woche hier in den Reitverein eingetreten und habe nachher meine erste Reitstunde hier. Als ich gefragt habe, welches Pferd ich nehmen soll, sagte so eine Blonde mit Stupsnase, Feurio wäre noch frei!“

Pauline! So eine Gemeinheit sah ihr ähnlich. Lila nickte stumm. Aus der kurze Traum, dass Feurio nun ihrer „Seit-20-Minuten-besten-Freundin“ gehören könnte und sie ihn fast genauso wie bisher pflegen und reiten könnte.

Traurig erzählte sie Rosa die ganze Geschichte.

„Noch ist er ja da!“, stellte Rosa zwischen zwei Bissen aufmunternd fest.

Lila schob ihren erst halb gegessenen Apfelkuchen zur Seite. Ihr war der Appetit vergangen.

„Isst du das nicht mehr?“

Rosa zog Lilas Kuchen zu sich und verspeiste ihn mit sichtlichem Genuss.

Lila sah ihr dabei zu. Noch am Morgen hatte sie sich nicht mal getraut, sie anzusprechen, nun waren sie beide schon völlig vertraut.

Lila spürte eine harte Kante in der Tasche ihrer Weste. Sie griff hinein und fühlte das glatte Mahagoniholz ihrer Tarotkiste.

War das ein Zeichen? Sollte sie diesem beinahe fremden Mädchen von ihrem Liebesorakel erzählen? Wahrscheinlich hielt sie so was für Humbug, wie die meisten anderen, denen sie vom Tarot erzählt hatte.

Lila holte tief Luft. Es half alles nichts, es musste trotzdem sein. Besser jetzt ausgelacht zu werden, als erst dann, wenn sie nicht mehr ohne ihre beste Freundin auskommen konnte. Und ohne das Wissen um ihr Tarot konnte Rosa sowieso keine beste Freundin sein.

Entschlossen legte Lila die Schachtel neben ihr Mineralwasser und öffnete sie wortlos.

„Hm, ein *Rider-Waite*-Tarot, wie cool!“, sagte Rosa anerkennend. „Befragst du die Karten oft?“

Lila nickte nur, sprachlos vor Erleichterung über diese Reaktion.

„Jeden Tag. Heute Morgen haben sie mir vorausgesagt, dass wir zwei zusammengehören.“

„Dafür brauchst du die Karten? Das wusste ich

auch so!“ Dann beugte sich Rosa über den Tisch und wisperte: „Machst du denn kein Liebesorakel – oder bist du schon vergeben?“

„Wie man's nimmt“, kicherte Lila und zog den *Buben der Kelche* aus dem Stapel. Jetzt war die Zeit gekommen, um im wahrsten Sinne des Wortes wirklich alle Karten auf den Tisch zu legen.

„Gestern habe ich den *Buben der Kelche* gezogen. Das bedeutet, dass mir schon bald mein Traummann über den Weg laufen wird.“

„Wow! Wie gut, dass ich dich getroffen habe. Dein Leben ist ja richtig spannend!“, stellte Rosa fest.

Lila glaubte ihren Ohren nicht zu trauen. Jemand fand ausgerechnet *ihr* Leben spannend!

Rosa stand auf.

„Komm! In einer halben Stunde fängt der Reitunterricht an, und ich habe noch kein Pferd.“

Lila zögerte kurz, dann gab sie sich einen Ruck und sagte großzügig: „Du kannst Feurio reiten, wenn du willst. Er ist nicht mehr der Jüngste, aber trotzdem ein tolles Pferd. Ich helfe dir, ihn fertig zu machen.“

„Ist das dein Ernst?“, fragte Rosa zweifelnd.

Lila schluckte. Rosa war ihre neue beste Freundin – und Freundinnen teilten alles, oder etwa nicht?

„Ja.“

Gemeinsam gingen sie zum Stall zurück und

holten Feurio aus seiner Box, um ihn zu putzen. Dann zeigte Lila Rosa, wo sein Sattel und seine Trense waren.

Katrin, die Reitlehrerin, guckte erstaunt, als Rosa sich in Feurios Sattel schwang und Lila auf der Zuschauertribüne Platz nahm, sagte aber nichts. Pauline war leider nirgends zu sehen – Lila hätte ihr gerne gezeigt, dass sie ihren Liebling freiwillig mit Rosa teilte!

Rosa war eine gute Reiterin und bekam immer wieder ein Lob von Katrin. Doch trotz aller Freundschaft musste Lila sich eingestehen, dass sie froh war, dass Feurio unter Rosa nicht ganz so gut ging wie unter ihr.

Später, nachdem sie Feurio versorgt und Rosa ihn gebührend gelobt hatte, schlenderten sie noch ein bisschen in Richtung Waldrand. Es war ein herrlicher Abend, und sie hatten beide keine Lust, schon nach Hause zu gehen.

„Wie wär's mit einem kleinen Wettrennen?", schlug Rosa vor. „Die Verliererin erzählt von ihrem ersten Kuss!"

Lila zuckte leicht zusammen und nahm sich fest vor zu gewinnen. Nur dann würde ihr das peinliche Geständnis erspart bleiben, dass es in ihrem Leben noch kein Ereignis mit Namen ERSTER KUSS gegeben hatte.

Sie wollte gerade zustimmen, als Rosa auch schon loslief.

„Erste Regel: Mogeln gilt auch!“, quietschte sie bester Laune zu Lila zurück.

Deren Empörung verflog schnell, und sie gab alles. Meter für Meter des unlauter gewonnenen Vorsprungs holte sie wieder auf, bis die beiden gleichauf lagen.

Rosa grinste zu Lila herüber und hob die Hand als Stoppzeichen.

„Wir haben gar nicht ausgemacht, wo das Ziel ist. Mein Fehler – du hast gewonnen!“, schnaufte sie außer Atem und hielt an.

Als sie gleich darauf im hohen Gras am Waldrand lagen, löste Rosa ihr Verliererversprechen ein.

„Mein erster Kuss war zu Beginn der Sommerferien“, flüsterte sie geheimnisvoll. „Es war ein Typ aus meiner alten Schule, drei Jahre älter als ich. Sah irre gut aus!“

„Und was ist aus ihm geworden?“

Lila verfolgte die spannende Geschichte mit hochroten Wangen.

„Weiß nicht, hab ihn abgesägt!“ Rosa lachte. „Sein Freund hat mir noch besser gefallen!“

Lila stimmte in das Lachen mit ein, bis sie Rosas aufforderndem Blick nicht mehr ausweichen konnte – sie erwartete doch nicht etwa ...

„Jetzt bist du dran, Lila Schwarz! Ich hab schließlich nur so halb verloren!“

Lila schluckte. Was für ein kleines Mädchen sie doch war. Sollte sie bei der traurigen Wahrheit bleiben oder lieber einen heißen Spanier im Urlaub erfinden, um sich nicht gänzlich zu blamieren?

„Mein erster Kuss war mit einem sehr wilden Jungen im heißen Sand!“, begann ihre Geschichte.

„Wie aufregend, erzähl weiter!“, forderte Rosa.

„Er wurde sogar noch wilder, als ich ihm meine Förmchen trotzdem nicht gegeben hab!“

„Dein erster Kuss war im Sandkasten?“ Rosa guckte ungläubig, doch Lila nickte.

„Eigentlich war es mehr ein Küsschen. Und seitdem: Fehlanzeige!“ Irgendwie war ihr die Sache gar nicht so peinlich, wie sie gedacht hatte.

„Hm, das sollten wir ändern!“, sagte Rosa. „Morgen fangen wir an zu flirten! Man darf nicht alles den Karten überlassen!“

Rosas Flirtlektion

Als sie am Dienstagmorgen aufwachte, verspürte Lila zum ersten Mal seit ihrer Einschulung wieder so etwas wie Vorfreude auf die Schule. Rosa würde da sein und mit ihr viele lustige und spannende Dinge, die man tun konnte! Fröhlich sprang sie aus dem Bett.

Ihr Vater erwischte Lila pfeifend im Bad, und beim Frühstück sang sie sogar lautstark den neuesten Hit aus dem Radio mit, obwohl ihre Eltern zugegen waren.

Als sich Lila auch noch mit einem Kuss bei den beiden verabschiedete und ihnen einen schönen Tag wünschte, starrten ihre Eltern sie sprachlos vor Verwunderung an.

„Ob sie verliebt ist?", hörte Lila ihren Vater noch verunsichert fragen, bevor sie die Haustür hinter sich zuzog.

Nein, Lila war natürlich nicht verliebt, *noch* nicht, aber sicher kurz davor, wie sie spürte. Flirten stand auf dem Programm, und Rosa, eine Expertin in diesen Dingen, würde ihr zeigen, wie man das machte ...

Auf Lilas Drängen hin hatten sich die Freundinnen am Vortag an der Straßenecke vor der Schule verabredet. Lila wollte die *neue Lila* von der ersten Sekunde an auf dem Schulhof präsentieren, doch dafür brauchte sie im Moment noch Rosas Unterstützung.

Die Straßenecke war da, aber von Rosa fehlte jede Spur.

200-mal in zehn Minuten sah Lila auf ihre Uhr, horchte schließlich mit dem Ohr daran, überprüfte sie an der Kirchturmuhr und fragte zur Sicherheit noch zwei Fußgänger.

Fünf Minuten nach Unterrichtsbeginn schlenderte Rosa gemütlich die Straße herauf, ein dickes Eis in der Hand.

„Tut mir leid, dass du warten musstest, aber die blöde Eisdiele macht erst um acht auf!“, entschuldigte sich Rosa.

Lila schnaubte.

„Dass *ich* warten musste? Das ist doch völlig egal, aber wir kommen auf jeden Fall viel zu spät zum Unterricht!“

„Und was, meinst du, haben wir Spannendes verpasst? Die Begrüßung?“

Völlig unbeeindruckt setzte sich Rosa Richtung Schulhof in Gang. Vor dem Klassenzimmer angekommen, wischte sie sich die Eisspuren vom Gesicht und klopfte. Dann trat sie mit unschuldigem Lächeln ein.

„Achtung, der Farbkasten kommt!“, grölte Daniel sofort, als er sie erblickte. Rosa ließ das allgemeine Gelächter kalt.

„Entschuldigung, dass wir zu spät sind. Ich kenne mich noch nicht so gut aus hier, und Lila hat mir netterweise geholfen!“

Niemals kommt sie damit durch, niemals, dachte Lila.

Rosa kam damit durch. Der Englischlehrer bedankte sich sogar herzlich bei Lila für ihren Einsatz und nannte sie ein Vorbild an Hilfsbereitschaft, an der sich ihre Mitschüler ein Beispiel nehmen könnten.

Während der Stunde fragte Rosa Lila über die Jungs der Klasse aus.

„Daniel, unseren Kasper, kennst du ja jetzt!“, flüsterte Lila. „Der geht mir seit der Fünften gehörig auf die Nerven!“

„Macht er das mit allen?“

„Nein, nur mit mir – ständig und jeden Tag!“

„Lila, Rosa, bitte!“ Herr Richter, der Englischlehrer, fühlte sich durch ihre Unterhaltung offenbar gestört.

Rosa ließ sich durch *ihn* jedoch nicht stören. Sie schmunzelte über Lilas Empörung.

„Was sich neckt, das liebt sich, Lila!“, säuselte sie mit vielsagendem Lächeln.

Lila blieb die Luft weg.

Daniel!? Noch niemals war sie auf die Idee gekommen, dass seine Scherze vielleicht einen ernsten Hintergrund haben könnten. Und übel war er ja auch wirklich nicht. Auf dem Skateboard konnte er beinahe alles, er trug coole Klamotten und durch seine Witze war er überall beliebt. Nein, übel war er wirklich nicht – aber Daniel als Traumtyp aus dem Tarot?

Darüber musste Lila gründlicher nachdenken, was ziemlich schwierig war, weil um sie herum lautstark die richtige Aussprache des *Ti-Äitsch* geübt wurde.

„Das müssen wir unbedingt herausfinden!“, schlug Rosa mit leuchtenden Augen vor. „Mit Daniel beginnen wir in der Pause den Unterricht in Rosas Flirtschule!“

Die zweite Ermahnung für Rosa kam und weil sie anscheinend keine Lust hatte, es sich gleich in ihrer ersten Stunde bei Herrn Richter mit ihm zu verderben, hielt sie von da an ihre Klappe.

In der großen Pause auf dem Schulhof erteilte Rosa Lila dann die erste Flirtlektion.

„Was tust du normalerweise, wenn Daniel seine Witze mit dir macht?“, wollte sie wissen.

Lila zuckte mit den Achseln.

„Meistens nichts. Oder ich werde rot und gucke auf den Boden!“

„Schlecht“, sagte Rosa. „Beim nächsten Mal siehst du ihm in die Augen und antwortest: ‚Bist du bei schönen Frauen immer so forsch?‘, egal, was er vorher gesagt hat!“

Lila schluckte. Der Satz kam ihr etwas unpassend vor, vor allem, wenn es dabei um *ihre Person* ging.

„Egal, was er sagt?“, vergewisserte sie sich misstrauisch.

„Egal, was er sagt!“

Lila schluckte abermals. Das sollte Lektion 1 sein? Was würde dann erst Lektion 2 sein – gleich um den Hals fallen und losknutschen?

Inständig hoffte sie, dass Daniel an diesem Tag lieber mit seinen Kumpels über das bevorstehende Länderspiel palavern wollte, als unschuldige kleine Mädchen zu ärgern – doch leider war der Fußball nicht stark genug.

Grinsend stiefelte Daniel schon zwei Minuten später auf seinen Farbkasten zu.

„He, Lila, was ich dich schon die ganze Zeit fragen wollte: Meine Mutter hat mir erzählt, dass dein Vater am Elternsprechtag vor den Ferien ewig bei der Bernt war. Was hat sie da eigentlich zu deinem Vater gesagt?“

Lila zögerte einen Augenblick, dann sagte sie ihren zurechtgelegten Satz. Rosa verdrehte die Augen.

Daniel war sichtlich überrascht.

„Dein Vater hat die Bernt *angebaggert*? Wow, das ist ja mal eine Neuigkeit!“

Sofort drehte Daniel ab und sprintete quer über den Schulhof zu seinen Freunden.

„Lilas Vater ist scharf auf das Mathemonster!“, brüllte er quer über den Platz. Die anderen starrten aus der Ferne erst ihn, dann mitleidig ihre Klassenkameradin mit dem geschmacksverirrten Erzeuger an.

Lila schoss die Farbe ins Gesicht. Unzählige Male hatte sie ihrem Vater die Pest an den Hals gewünscht, aber das hier war um einiges schlimmer! Der bloße Gedanke daran, wie ihr Vater mit ihrer Mathelehrerin flirtete, erzeugte bei ihr mehr als eine leichte Übelkeit – und alles Weitere ...

Lila schüttelte sich.

Auch Rosa schüttelte Lila.

„Bist du von allen guten Geistern verlassen? Wie kannst du nur so ein gehässiges Gerücht über deinen Vater in die Welt setzen?“

Lila versuchte, sich zu wehren.

„Lektion 1 war, zu antworten: ‚Bist du bei schönen Frauen immer so forsch?‘, schon vergessen?“

Rosa war sauer. „Aber das heißt doch nicht, dass du das Denken total abstellen solltest. Bei manchen Fragen war es eben *nicht* die passende Antwort!“

Noch gestern hätte Lila ihren Ärger runtergeschluckt, aber jetzt war sie die neue Lila, und die Wut musste raus.

„Ich kann aber nicht den ersten Flirtversuch

meines Lebens starten und gleichzeitig *denken*, du blöde Kuh!“

Sie kickte einen Kieselstein gegen die Schulmauer.

Rosa grinste.

„Du kannst ja richtig sauer werden, cool!“

Auch Lila musste jetzt lachen.

„Da muss mein Vater eben durch, warum gräbt er auch so plump meine Lehrerin an!“

Kichernd verzogen sich die beiden in den Schatten. Lektion 1 von Rosas Flirtschule hatte auf alle Fälle für einige Aufregung gesorgt.

Pizza und Peinlichkeiten

An der Straßenecke vor der Schule wollte sich Lila verabschieden, doch Rosa hielt sie zurück.

„Du kannst doch jetzt nicht einfach abhauen, wo ich dich meinen Eltern vorstellen will. Mein Vater hat extra für dich mitgekocht!“

„Für mich? Und ich weiß nichts davon?“

Rosa nickte. „Habe ich vergessen, es dir zu sagen? Er hat diese Woche noch Urlaub, wegen des Umzugs.“

„Aber meine Eltern warten doch auch auf mich“, stammelte Lila.

„Und wie schade, dass das Handy noch nicht erfunden ist, sonst könntest du sie einfach kurz anrufen!“

Lila schämte sich ein bisschen.

„Ich hab kein Handy. Meine Eltern finden, dass Handys rausgeworfenes Geld sind“, antwortete sie verlegen.

„Hm, aber den aufrechten Gang kennen sie schon, oder?“, bemerkte Rosa spöttisch, entschuldigte sich aber sofort bei Lila. „Tut mir leid! Ich wette, deine Eltern sind voll in Ordnung – sonst wäre ja nicht eine so tolle Tochter dabei herausgekommen. Also, kommst du nun mit?“

Da Rosa sowieso keine Absage geduldet hätte, nahm Lila das Handy an, das ihr entgegengehalten wurde. Doch die blinkende Batterie zeigte an, dass der Akku leer war. So schlug Lila, ohne sich daheim abzumelden, ihren Lenker ein und folgte ihrer Freundin.

Der Weg zu Rosas Haus führte quer durch die Stadt bis zur Neubausiedlung. Da Rosa unbedingt alle Schaufenster genauestens studieren musste und bereits einen Klamottenwunschzettel für ihren Geburtstag in sechs Monaten zusammenstellte, waren sie fast eine Stunde unterwegs. Müde und hungrig kamen sie beim Haus der Brauns an, einem hübschen Bungalow, an dem allerdings noch der Putz fehlte.

„Die Handwerker sind nicht ganz fertig geworden“, erklärte Rosa. „Eine Klingel haben wir auch noch nicht!“

Nachdem Lila Herrn und Frau Braun begrüßt hatte, ließ sie sich von Rosa das Telefon geben und verzog sich damit in den Flur.

Sicher hatten ihre Eltern bereits tiefe Gräben in den Küchenboden gelaufen, Runde um Runde, aus Sorge um ihr kleines Mädchen.

Natürlich hatte Lila schon öfter bei Freundinnen gegessen oder übernachtet, aber noch nie, ohne ihren Eltern *vorher* Bescheid zu sagen – dies war eine Premiere! Solche Überraschungen liebten sie beide überhaupt nicht.

Ihr Vater nahm ab. „Schwarz!“

Lila konnte sich genau sein verkniffenes Gesicht vorstellen, das er immer hatte, wenn er beim Essen gestört wurde.

„Ich bin’s, Papa“, hauchte Lila, so lieb sie konnte. „Entschuldige, dass ich mich jetzt erst melde. Es ging leider nicht früher. Ich wollte euch nur kurz Bescheid sagen, dass ich heute bei einer Freundin esse.“

„Und bei welcher Freundin, wenn ich fragen darf?“

Der Stimme ihres Vaters war gleichzeitig Erleichterung anzuhören, weil Lila noch am Leben war, als auch Groll darüber, dass sie einfach so fernblieb.

„Ihr kennt sie noch nicht, sie heißt Rosa Braun!“

In diesem Moment guckte Rosas Vater herein. Er trug den köstlichen Duft von frischer Pizza mit sich.

„Kommst du, Lila?“, rief er fröhlich. „Wir können loslegen!“

Lila nickte ihm schnell zu, setzte sich an den Esstisch und verabschiedete sich rasch von ihrem Vater.

Sie wollte beim ersten Treffen nicht die gesamte Familie Braun zwingen, aus Höflichkeit kalte Pizza zu essen, nur weil sie mit ihrem Vater diskutierte. Hastig drückte sie auf ein paar Knöpfe und legte das Telefon neben ihren Teller. Sekunden später erstarrte sie.

Offenbar waren es nicht die richtigen Knöpfe gewesen, denn durch das Telefon war immer noch die Stimme ihres Vaters zu hören – der, vom Schock überwältigt, wohl auch vergessen hatte aufzulegen.

„Rosa Braun!“, stammelte er am anderen Ende. „Rosa Braun! Glaubt sie eigentlich, wir wären total verkalkt?“

Rosa kicherte. Geistesgegenwärtig drückte sie die Lautsprechertaste am Telefon.

Auch Lilas Mutter war nun deutlich zu hören.

„Irgendwann hat jedes Mädchen ihren ersten Freund, auch deine Tochter.“

„Erster Freund?“

Jochen Schwarz fuhr aus der Haut. „Du hättest seine Stimme hören sollen! Der war mindestens 40!“

„43, um genau zu sein!“, flüsterte Herr Braun. Lila wurde knallrot.

„Können wir das bitte ausmachen?“

Rosa war anderer Meinung und ergriff schnell das Telefon.

„Jetzt mach aber mal einen Punkt, Jochen!“, hörten sie wieder. „Lila weiß, was sie tut. Sie ist schließlich alt genug. Du könntest ihr wirklich ein bisschen mehr vertrauen!“

„Vertrauen ist gut, Kontrolle ist besser!“, antwortete ihr Mann. Lila wäre am liebsten im Boden versunken vor Scham.

„Nicht, wenn es um fast erwachsene Menschen geht!“, sagte Frau Schwarz.

„Fast erwachsen? Lila ist zwölf! Ich rufe jetzt sofort diesen ominösen Jungen namens ‚Rosa Braun‘ an und stelle ihn zur Rede. Moderne Technik hat nämlich auch ihre positiven Seiten! Wozu gibt es den Rückruf-Knopf?“

Rosa drückte hastig eine Taste, um die Leitung frei zu machen – und tatsächlich, sofort klingelte das Telefon wieder.

Rosas Vater wischte sich den fettigen Mund an einer Serviette ab und hob ab.

„Wer stört?“, schmatzte er vergnügt in den Hörer.

Was Herr Schwarz zu sagen hatte, verstanden Lila – und der Rest der Familie Braun – auch ohne Lautsprecher aus drei Meter Abstand.

„Braun, tssss, dass ich nicht lache! Ich möchte sofort meine Tochter sprechen!“

„Ich glaube, das ist für dich, Lila!“, verkündete Rosas Vater und drückte ihr grinsend den Hörer in die Hand.

Fünf Minuten lang musste Lila auf ihren Vater einreden und sogar Rosa den Hörer reichen, bevor er glaubte, dass es sie wirklich gab, und halbwegs beruhigt war.

Lila aber hatte genug. Sie schob das gerade erst

angebissene Stück Mozzarella-Pizza von sich und rannte aus dem Zimmer.

In der letzten halben Stunde hatte sie etwas gelernt, was sie nie für möglich gehalten hätte: Es gab Dinge, die noch weitaus peinlicher waren als ihr bescheuerter Name.

Und ihr Vater hatte sich gerade ganz vorne eingereiht.

Ein verrückter Plan

In Tränen aufgelöst, hockte Lila auf dem Gästeklo der Brauns und wünschte sich in eine Gegend, wo die Männer nach der Begattung von ihren Frauen aufgefressen wurden.

Rosa hämmerte mit beiden Fäusten an die Tür.

„Lila, sei nicht albern, komm raus!“

„Nie wieder!“, schluchzte Lila aus voller Kehle. „Ich will hier sterben!“

„Bei uns auf dem Gästeklo?“ Rosas Stimme klang belustigt. „Meinst du nicht, da gibt es schönere Plätze?“

Auch Lila musste nun unfreiwillig lachen.

„Ich trau mich aber deinem Vater nicht mehr unter die Augen!“, schniefte sie.

„Hast du noch nicht gemerkt, dass er Spaß versteht? Außerdem, denk mal dran, was *du* deinem Vater heute Morgen angetan hast. Die halbe Schule denkt seither, er wäre scharf auf unsere ätzende Lehrerin – jetzt steht es 1 zu 1!“

Lila drehte den Schlüssel um.

„Und dein Vater ist wirklich nicht sauer?“

„Quatsch, komm doch raus, dann siehst du's!“

Wie die Jungfrau von Orléans zum Scheiterhaufen schritt Lila ins Wohnzimmer der Brauns zurück. Doch statt eines Inquisitors mit Fackel in der Hand saß dort gemütlich Herr Braun auf dem Sofa und blätterte in einem Kochbuch.

„Gemütlich, unser Klo, nicht? Du hast auf jeden Fall schon mehr Zeit da drinnen verbracht als ich!"

Lila blickte zu Boden.

„Das Ganze ist mir entsetzlich peinlich, entschuldigen Sie bitte!"

„Lila, hör doch mal auf, immer alles peinlich zu finden!", stöhnte Rosa. „Die Sache gerade eben war das Komischste, was ich je erlebt habe. Und, wo wir schon dabei sind: Dein Name ist auch nicht bescheuert, sondern etwas ganz Besonderes!"

Rosas Mutter stoppte sie.

„Ich kann Lila schon verstehen. Als ich in eurem Alter war, waren mir auch viele Dinge peinlich, die sich im Nachhinein als Kleinigkeiten herausstellten. Aber mir erschienen sie damals riesengroß!"

Frau Braun tätschelte Lilas Arm.

„Ich habe mich zum Beispiel immer furchtbar für meine krumme Nase geschämt. Jeden Winter war ich froh, dass ich mein Gesicht endlich wieder in einen Schal wickeln konnte."

Thorwald Braun legte vergnügt das Buch aus der Hand.

„Drei Jahre ist sie so durch die Stadt geschlichen. Wir nannten sie nur ‚Barbara, die Mumie'!"

Rosas Vater musste sich blitzschnell ducken, als ein Sofakissen ziemlich tief geflogen kam.

„Du hast versprochen, es nie zu verraten!", schimpfte seine Frau mit gespieltem Zorn.

Herr Braun mimte den Unschuldigen. „So, habe ich das? Nun, dann werde ich mich wohl daran halten müssen – aber ihr dürft es ruhig weitererzählen."

Die Stimmung war äußerst ausgelassen. Lilas Freundin nutzte die Gelegenheit, mit ihren Eltern über das drängendste Problem dieser Tage zu sprechen.

„Lilas Lieblingspferd soll verkauft werden!"

Der Kloß in Lilas Hals, der vorübergehend verschwunden war, kehrte augenblicklich an die Stelle zurück, an der er seit dem letzten Freitag gesessen hatte.

Die Brauns bedauerten Lila sehr, aber als die Sprache darauf kam, dass sie Feurio kaufen und den beiden Mädchen zur Verfügung stellen könnten, mussten auch sie abwinken.

„Unser Bankberater geht sowieso schon in Deckung, wenn ich den Schalterraum betrete", erklärte Rosas Vater halb belustigt, halb ernst. „Dieses Haus hier hat leider unsere gesamten Ersparnisse aufgefressen, Rosa, das weißt du."

Rosa nickte.

Als Lila schon wieder zum Taschentuch greifen wollte, kniff ihr Rosa in den Arm. Instinktiv erriet sie, dass Lila in dieser Stimmung nur eine Sache aufheitern konnte.

„Komm, wir fahren zum Hof! Ich leih dir eine Reithose von mir!“

Schon eine halbe Stunde später standen sie im Stall. Feurio wieherte erfreut, als er Lila entdeckte, und streckte seinen Kopf weit über die Wand seiner Box. Lila öffnete die Tür und nahm seinen Hals in den Arm. Sofort begann Feurio, ihre Taschen zu durchsuchen, und wurde nicht enttäuscht. Lila hatte immer einen Vorrat an Leckerlis für ihren Liebling dabei.

Nachdem sie am Vortag durch ihren spontanen Ringkampf mit Rosa und seine Folgen die Arbeit ziemlich vernachlässigt hatte, warteten heute doppelt so viele Aufgaben darauf, erledigt zu werden. Die beiden Mädchen spuckten in die Hände.

Zuerst putzten sie die Sättel und Trensen aller Schulpferde, dann halfen sie beim Stallausmisten und bauten schließlich für die abendliche Springstunde in der großen Halle den Parcours auf. Mittendrin wechselten die beiden kaum ein Wort, so sehr waren sie beschäftigt.

Als sie endlich fertig waren, fragten sie Katrin, ob Rosa auf einem Schulpferd mit Lila zusammen ausreiten dürfe.

„Klar!“, sagte die Reitlehrerin und lächelte Rosa freundlich an. „Wer so fleißig hilft, muss auch belohnt werden. Außerdem konnte ich mich ja gestern Abend von deinen Reitkünsten überzeugen – und Lila kennt sich im Gelände bestens aus. Probier mal Bambi. Sie kommt nicht viel raus, weil sie ein bisschen zickig ist, aber ich denke, du kommst gut mit ihr klar."

Zufrieden putzten die Mädchen die Pferde, dann verließen sie mit Bambi und Feurio den Hof und ritten schweigend durch den Wald – erschöpft, aber auch nachdenklich.

Als sie eine Stunde später zu den Ställen zurückkehrten und den erhitzten Tieren die Beine abspritzten, rief Rosa zu Lila herüber: „Und was wäre, wenn *wir* Feurio kaufen?"

„Ach, daran hab ich doch als Erstes gedacht! Aber meine Eltern haben auch kein Geld."

„Nein, ich meine *wir*, wir beide!"

Lila drehte den Wasserhahn zu.

„Du spinnst! Wie sollen wir denn an 1000 Euro kommen?"

„Na, wie alle anderen Menschen auch", erwiderte Rosa lässig. „Durch Arbeit!"

„Aber es gibt Unterschiede zwischen uns und *anderen Menschen*: Wir sind zwölf, können weder Kabel verlegen noch Computer programmieren, noch ein Dach decken!"

Lila wurde beinahe ärgerlich. Machte sich Rosa über sie lustig? Nahm sie den Verkauf von Feurio etwa gar nicht ernst? Merkte sie denn nicht, wie weh ihr, Lila, der drohende Abschied jetzt schon tat?

Doch, Rosa bemerkte all das, wie sich gleich darauf herausstellte.

„Aber wir können andere Sachen, für die man Geld bekommt“, erklärte sie. „Hunde ausführen und babysitten, einkaufen gehen und Autos waschen und, und, und!“ Rosa war von ihrer eigenen Idee hellauf begeistert.

„Wir zeigen's den Erwachsenen! *Wir* kaufen Feurio!“

„Selbst wenn das klappen sollte – was dann? Wovon soll ich jeden Monat seine Box und das Futter bezahlen?“, fragte Lila, die sich an die Einwände ihrer Mutter erinnerte.

„Eins nach dem anderen!“ Rosa ließ sich auch davon nicht beeindrucken. „Erst mal musst du Feurio retten. Über alles andere kannst du nachdenken, wenn er dir gehört. Und das schaffen wir!“

Lila blieb skeptisch. Klar, auch sie hatte schon mal für die alte Frau Jansen eingekauft und dafür eine Tafel Schokolade und einen Euro „für einen kleinen Wunsch“ bekommen – aber Feurio war nun einmal kein „kleiner Wunsch“, sondern ein ziemlich großer. 1 000 Euro zusammenzubekommen – und das auch noch schnell, bevor jemand anders ihnen den Wallach vor der Nase wegschnappte –, das kam ihr doch ziemlich unmöglich vor.

Als Lila abends im Bett noch einmal über die Sache nachdachte, fiel ihr außerdem ein, dass Rosa eine Sache noch gar nicht bedacht hatte: Morgens war Schule, nachmittags waren sie auf dem Reiterhof im Einsatz. Viel Zeit für irgendwelche Jobs blieb da sowieso nicht mehr. Niemand würde ihnen mehr als fünf Euro in der Stunde zahlen – das hieße 200 Stunden Arbeit!

Benommen stand Lila auf und holte sich ein Glas Wasser aus der Küche. Auf dem Rückweg stolperte sie beinahe über ihre Tarotkarten.

„Heute mal keine Liebesorakel!“, murmelte Lila und begann zu mischen. Dann formulierte sie die Frage, die ihr die Karten beantworten sollten: „Werden Rosa und ich das Geld für den Pferdekauf zusammenbekommen?“

Gespannt griff sie in den Stapel und zog eine Karte heraus.

Zwei Minuten lang traute sich Lila nicht, die Karte auch umzudrehen. Als würde das Tarot das Schicksal unumstößlich festlegen.

Schließlich gab sie sich einen Ruck. Das Resultat – obwohl erwartet – rechtfertigte im Nachhinein das lange Zögern. In Lilas Hand lagen die *Zehn Stäbe*. Lila seufzte. Um ganz sicherzugehen, nahm sie ihr Tarotbuch aus dem Regal und schlug die Bedeutung der Karte nach. Was sie las, wusste sie eigentlich längst: Die *Zehn Stäbe* standen für Aufgaben, denen man nicht gewachsen ist. Gleich zehn Stäbe auf einmal tragen zu wollen, das konnte nur misslingen.

„Adieu, Feurio!“, seufzte Lila traurig, als sich auch diese letzte Möglichkeit in Luft aufgelöst hatte, und wickelte sich wieder in ihre Decke ein. Trotz der warmen Augustnacht fror sie wie ein Schneider.

1000 Euro, bitte!

Rosa sah die Sache natürlich ganz anders. Sie hatte Lilas Bedenken gegen ihre ursprüngliche Idee verstanden und die halbe Nacht dazu genutzt, zu überlegen, was zwei zwölfjährige Schülerinnen tun konnten, um reichlich Geld in möglichst kurzer Zeit zusammenzukratzen. Und natürlich war ihr etwas eingefallen.

„Die einfachste Art, zu Geld zu kommen, ist, allen Menschen von deiner Notlage zu erzählen", schlug sie vor.

Lila begriff nicht.

„Was gibt's denn da nicht zu begreifen?", motzte Rosa. „Du erzählst ihnen einfach die ganze Geschichte und sammelst dafür Spenden ein!"

„Aha! Und wie genau stellst du dir das vor? Soll ich von Tür zu Tür gehen und sagen ‚Guten Tag, ich möchte ein Pferd kaufen, geben Sie mir bitte 1 000 Euro'?"

Rosa nickte.

„Genau das wirst du tun!"

In der Biologiestunde, die auf diese Unterhaltung folgte, war Lila so dermaßen durch den Wind, dass sie unfähig war, den Ausführungen ihres Lehrers über Charles Darwin zu folgen.

Vor ihrem inneren Auge sah sie sich unaufhörlich an allen Türen der Stadt klingeln und fremden Leuten unter Tränen die Geschichte von Feurio erzählen. Die unbekannten Gesichter wurden vor Zorn über diese Aufdringlichkeit feuerrot, Qualm trat ihnen aus den Ohren, bis die Köpfe schließlich wie Vulkane explodierten und Lila von einer Lavawelle zur nächsten Tür gespült wurde, wo sich das Drama wiederholte.

In diesem Teufelskreis bewegte sie sich 45 quälende Minuten lang, bis sich ihr die Hand ihres Biolehrers auf die Schulter legte.

„Falls du Überstunden machen willst, lasse ich dir gerne mein Buch hier – aber ich muss leider gehen!“

Lila blickte sich im Biologiesaal um: Alles war leer. Die komplette Klasse hatte den Raum verlassen, ohne dass sie auch nur das Geringste bemerkt hatte.

„Dieses Pferd macht mich langsam verrückt!“, erklärte sie dem Lehrer, der leicht verwirrt aussah, und ging nach draußen.

Auf dem Schulhof war Rosa umringt von Jungen, trotzdem traute sich Lila zu ihr.

Daniel grinste.

„Und, Lila? Ausgeschlafen?“

Lila strengte sich an, nicht rot zu werden.

„Ich hab nicht geschlafen!", protestierte sie. „Ich habe an fremden Türen geklingelt!"

Nun wurde sie doch rot. So eine blöde Antwort hätte selbst sie sich nicht zugetraut.

Doch ehe die Rückfrage kommen konnte, ob Lila vielleicht in den vergangenen Tagen zu sehr die sengende Sonne genossen hätte, zog Rosa einen mehrfach gefalteten Zettel aus der Tasche und breitete ihn aus.

Neugierig stierten alle Augen auf das Blatt. Es war ein Stadtplan. Einige Straßen waren rot, andere blau, andere schwarz markiert.

„Das ist unsere Stadt, Lila!", begann Rosa.

Lila fing an, sich zu fürchten. Die Entschlossenheit in der Stimme ihrer besten Freundin gefiel ihr überhaupt nicht, denn sie duldete keinen Widerspruch.

„Hier ist die Schule, hier wohnst du, hier ist der Reiterhof!"

Rosas Finger hämmerte wie die Nadel einer Nähmaschine auf den Plan.

„Mit den Farben habe ich die Straßen in drei soziale Gebiete eingeteilt. Rot steht für die Villengegend, hier fängst du an. Pro Haus sollten fünf bis zehn Euro drin sein. Blau sind die normalen Straßen, schwarz die ärmeren Gegenden – und die Neubaugebiete. Die solltest du meiden." Rosa lachte. „Du hast ja meinen Vater gehört, die haben alle keine Knete mehr."

Daniel mischte sich ein.

„Was habt ihr denn vor?", erkundigte er sich.

Lila wand sich vor Verlegenheit. Was sollte sie darauf nur sagen?

Wie gut, dass es Rosa gab! Dachte sie. Ihr fiel bestimmt eine glaubwürdige Geschichte ein, um die Jungs von den Häusern fernzuhalten, an denen sie betteln sollte.

Und richtig, Rosa antwortete sofort. „Lila geht heute Nachmittag von Tür zu Tür und sammelt Geld für ihr Pferd!"

Als wenn man so Neugierige fernhalten könnte! Das Mädchen, das ihre beste Freundin sein wollte, hatte es tatsächlich geschafft, dass sich die Jungs für den Nachmittag nicht auf dem Bolzplatz verabredeten, sondern durch die Villengegend ziehen wollten, um dem Spektakel beizuwohnen, wenn Lila stotternd und mit rotem Kopf von Tür zu Tür wackelte!

„Vielen Dank!", schrie Lila ihr nach der Pause auf dem Mädchenklo entgegen. „Jetzt blamiere ich mich gleich doppelt! Bei den reichen Spießern *und* bei meinen Klassenkameraden. Das Pferd ist weg *und* die Jungs! Ich dachte, du wolltest mir helfen und dem *Buben der Kelche* nicht noch größere Brocken in den Weg rollen!"

Rosa blieb locker.

„Klar helfe ich dir, was dachtest du denn? Um halb zwei bei dir, okay?"

Lila war geschockt. Positiv geschockt. Machte man so was als beste Freundin? Dann war sie selbst nicht den Dreck unter ihren Fingernägeln wert! Freiwillig mit Rosa von Tür zu Tür zu ziehen und grinsend Trauerstorys zu verbreiten und zu betteln wäre ihr nie, nie, niemals eingefallen! Gerührt umarmte sie Rosa und drückte ihr einen dicken Kuss auf die Wange.

Hätte Lila geahnt, *wie* Rosa ihr am Nachmittag helfen würde, sie hätte sich den Kuss gespart.

Als es um 13 Uhr und genau 26 Minuten bei den Schwarzens klingelte, waren nicht nur Lilas Eltern, sondern auch Lila selber vollkommen verwundert. Halb zwei hatte in der Schule wie eine Uhrzeit geklungen, die niemals eintreten würde.

Lilas Vater öffnete die Tür, zuckte zusammen und stotterte dann nur „Be-Besuch für dich, Lila!" Richtung Esstisch.

Vor der Haustür stand nicht nur Rosa, die betonte, wie sehr sie sich freue, Lilas Vater nach dem gestrigen Telefonat kennenzulernen, nicht nur die halbe Klasse – sondern auch zwei riesige Schäferhunde, die Lila nur mühsam daran hindern konnte, ins Haus zu stürmen.

„Was ist das?", fragte Lila entsetzt. Die Hunde begannen zu knurren, als spürten sie, dass Lila sie nicht leiden konnte. Sicherheitshalber wich sie einen Schritt zurück.

„Das sind Rufus und Brutus“, antwortete Rosa. „Eigentlich wollte ich Feurio ausleihen, schließlich sollte er dabei sein, wenn du Geld für ihn sammelst. Aber im Stall waren zu viele Leute. Da habe ich mir die Hunde von unserem Nachbarn als Ersatz ausgeliehen.“

„Du spinnst!“ Rufus und Brutus zogen drohend die Lefzen zurück.

Rosa hielt mit beiden Händen die Leinen fest.

„Entweder du willst Feurio behalten oder wir können uns die ganze Mühe sparen!“

Also ging Lila, beäugt von der gesamten Nachbarschaft und ihren vermutlich zunehmend um ihre geistige Gesundheit besorgten Eltern, mit zwei Schäferhunden an der Spitze ihrer halben Klasse durch die Stadt. An der protzigsten Villa hielten sie an.

„Wenn mich nicht alles täuscht, wohnt hier der Hühnchenbaron!“, meinte Daniel und rümpfte die Nase. Der Mann besaß mehrere Lagerhallen mit Legebatterien und zigtausend bedauernswerten Hühnern.

Lila steckte sich symbolisch den Finger in den Hals und tat so, als wollte sie auf sein Grundstück reihern.

„Von dem würde ich nichts nehmen, selbst wenn er mir den Reiterhof noch mit dazuschenken würde!“ Von ihren Mitschülern kam zustimmendes Gemurmel.

„Warum nicht?", fragte Rosa. „Mit Tieren verdient er seine Kohle, da ist es nur recht und billig, wenn sie anderen Tieren zugutekommt!"

Die Einwände verstummten.

Während sich die Jungs auf den gegenüberliegenden Bürgersteig zurückzogen, stolzierten Lila, Rosa und die Riesenhunde an dem Spalier der Zierrosen vorüber, die offensichtlich des Besitzers ganzer Stolz waren.

Lila zählte die Schritte bis zur ausladenden Eingangstür. Um ihren Hals zog sich eine Schlinge – aus diesem Mund würde sie kein Wort herausbekommen, so viel war klar!

„Lass uns umkehren!", bat sie Rosa, als sie bereits unter dem Vordach standen. „Ich flehe dich an!"

„Sei nicht so feige!", zischte Rosa zurück. „Nimm die Sache endlich in die Hand – es ist dein Pferd, du willst es behalten, also kümmere dich darum!"

„Will ich ja, aber nicht *so*!"

„Das hättest du dir vorher überlegen können. Jetzt stehen wir hier und es ist entschieden zu spät für einen Rückzieher!"

Voller Ungeduld drückte Rosa viermal auf den bernsteinfarbenen Klingelknopf – jetzt war es wirklich zu spät!

„Ja doch. Jahaa, ich komme!", flötete es von drinnen.

Sekunden später wurde die Tür aufgezogen. Noch ehe Lila auch nur den Mund aufmachen konnte, hatte die Frau die beiden sabbernden Monster auf ihrer Türschwelle entdeckt und kreischte auf.

Das nahmen Rufus und Brutus, die nicht die Hellsten zu sein schienen, als Freundschaftsbekundung. Rufus – oder Brutus? – begann, freudig zu bellen, sein Kumpel riss Rosa die Leine aus der Hand und versuchte, an der eleganten Dame hochzuspringen.

Die Frau schrie, als wolle sie sich als neue Feuersirene bewerben.

„Nehmt die Ungeheuer hier weg!", keifte sie, während der Hund ihr begeistert mit der Zunge quer übers Gesicht leckte. „Ich rufe die Polizei!"

Beim Anblick dieses Durcheinanders erschrak Lila dermaßen, dass ihr Gehirn wieder einmal nicht wusste, was am besten zu tun sei. So machte es das, worauf es sich vorbereitet hatte, und voller Entsetzen hörte sie sich sagen: „Guten Tag, ich möchte gerne ein Pferd kaufen, geben Sie mir bitte 1000 Euro?"

Einen Moment lang blinzelte die Frau verwirrt, dann verrammelte sie blitzschnell die Tür. In letzter Sekunde gelang es Rosa, die Hunde zurückzuziehen.

Ein quietschendes Geräusch von drinnen verriet, dass die Dame ihren teuren Schlössern nicht vertraute und zusätzlich einen schweren Schrank vor den Eingang rückte.

„Abmarsch!“, befahl Rosa, und Lila ließ sich das nicht zweimal sagen. Nachdem sie Rufus und Brutus aus dem Garten gezerrt hatten, rannten sie, so schnell sie konnten, die Straße hinunter – von den Jungs war ohnehin nichts mehr zu sehen.

Endlich berühmt!

„Du hast nicht zufällig etwas damit zu tun?“, fragte Jochen Schwarz seine Tochter scheinheilig, als sie am nächsten Morgen zum Frühstück in der Küche auftauchte.

Sichtlich um Beherrschung ringend, legte er die Zeitung auf den Tisch. Auf der ersten Seite im Lokalteil prangte ein Foto der Villa des Hühnchenbarons.

„Angriff mit Schäferhunden im Villenviertel – Hühnchenbaron Opfer von Tierschützern“, lautete die mehr als reißerische Überschrift.

„Im Zusammenhang mit dieser Tat sucht die Polizei übrigens zwei Mädchen in deinem Alter!“, fügte Lilas Vater hinzu. Er starrte seine Tochter durchdringend an.

Lila überflog den Artikel.

„Die eine klein mit schwarzen Haaren, die andere groß mit roten Haaren – die kriegen uns nie!“, war ihr einziger Kommentar.

Dann drückte sie ihrem Vater als Bestechung einen Kuss auf die Wange und schnappte sich ihr Pausenbrot.

„Stimmt. Die kriegen euch nie!“, stotterte Jochen Schwarz. Die Bestechung wirkte – er hatte soeben die Seiten gewechselt.

An der Straßenecke vor der Schule wartete Rosa schon auf Lila.

„Ich habe nachgedacht. So wird das nichts!“, begrüßte sie ihre Freundin, als hätte das nicht jeder Anwesende bereits am vorherigen Nachmittag ohne großes Nachdenken bemerken können.

„Danke für den Hinweis!“, knurrte Lila zurück. „Jetzt haben wir nicht nur einen wertvollen Tag verloren, wir sind auch noch polizeilich gesuchte Mitglieder der Tierschutzmafia!“

Rosa rümpfte nur die Nase.

„Pfffff, die blöde Hühnchen-Tante wird den Schreck schon verkraften. Die hat doch für solche Fälle bestimmt immer ein Fläschchen Riechsalz bei sich, wetten?“

Lila kicherte. Ihr Ärger war augenblicklich verflogen.

„Dank uns hat sie wenigstens was Interessantes zu erzählen beim nächsten Kaffeekränzchen in ihrem Salon.“

Rosa warf ihren Kopf zurück und wackelte mit erhobener Nase die Straße rauf und runter, dann ergriff sie Lilas Hand.

„Küss die Pfote, gnädigste Hühnchenbaronin, haben Sie den Schock überwunden?“

Lila mimte die Tapfere: „Es geht schon wieder, danke der Nachfrage, meine Liebe“, säuselte sie geziert. „Ich bin nur noch ein wenig geschwächt.“

Ihre Hände wie zum höfischen Tanz erhoben, schritten sie kichernd auf den Schulhof.

Daniel kam als Erster angerannt, die Zeitung in den Händen.

„Ist euch die Berühmtheit zu Kopf gestiegen, oder warum stolziert ihr hier so durch die Gegend?“

Lila kam wieder im Hier und Jetzt an. Seit Rosa sie darauf hingewiesen hatte, bemerkte sie erst, wie auffällig häufig Daniel um sie herumschwänzelte. Kaum tauchte Lila irgendwo auf, konnte man wetten, dass der Klassenkasper nicht mehr fern war.

Sie musterte ihn, wie so oft in den letzten Tagen: Daniel war einfach nur cool!

Unter einer weiten, dreiviertellangen Jeans trug er die billigsten Turnschuhe, die man auftreiben konnte. Auf dem beige-gelben T-Shirt prangte der Kopf von Revolutionsführer Che Guevara, rundherum hatte er Löcher in den Stoff gebohrt. Um seinen Hals wand sich eine Kette aus groben Holzkugeln, und auf den wuscheligen Haaren steckte an einem Frottee-Stirnband ein neonorangefarbenes Schild gegen die Sonne.

Komisch – das Wichtigste war Lila bisher noch nie aufgefallen: Daniel war hübsch! Bei dem Gedanken an ihren ersten Kuss mit ihm wurde ihr ganz flau im Magen.

Aber wie sollte sie es bloß schaffen, all ihre Angelegenheiten unter einen Hut zu bringen: Pferd kaufen, Eltern beruhigen, Jungs anflirten und jetzt auch noch der Polizei ausweichen?

Tarot hin oder her, das Wichtigste männliche Wesen in ihrem Leben war Feurio! Pferde würden für sie immer an erster Stelle kommen, das schwor sich Lila in diesem Augenblick.

„Die Idee mit dem Spendensammeln war gar nicht so schlecht!“, sagte sie.

Keiner war mehr überrascht, ihre Stimme zu hören, als Lila selbst – immerhin standen mehr als sechs Jungs um sie herum.

„Wir müssen es nur geschickter aufziehen!“, setzte ihr Mund die Unterhaltung fort.

„Genau! Ihr braucht so eine rote Dose mit Schlitz obendrauf und Henkel dran!“, sagte Daniel.

Lila lächelte ihn strahlend an.

Neugierig von Feurio beäugt, versuchten Lila und Rosa am Nachmittag, aus einer Konservendose Bohnen, einem alten Schubladengriff und weinroter Farbe eine authentisch aussehende Spendenbüchse zu basteln.

Am schwierigsten gestaltete es sich, den kompletten Inhalt der Dose aus dem dünnen Schlitz zu ziehen, den sie mit einem Taschenmesser mühsam hineingemeißelt hatten. Schließlich gelang es. Die Spendenbüchse sah täuschend echt aus und wurde zum Trocknen in Feurios Box vor das Stallfenster gestellt.

Anschließend machte Lila sich auf die Suche nach Herrn Heger. Sie wollte ihn bitten, mit dem Verkauf von Feurio noch zu warten, bis sie das Geld zusammenhatte. Vielleicht konnte sie ihn ja überreden, einen Versuch war es wert.

Doch der Leiter der Reitschule war nirgends zu sehen. Schließlich erfuhr Lila, dass er für eine Woche verreist war.

Lila war ein bisschen beruhigt. Solange Herr Heger nicht da war, konnte er schließlich auch Feurio nicht verkaufen. Mit der guten Nachricht kehrte sie zu Rosa zurück.

Danach halfen sie im Stall und ritten später in der Jugendreitstunde mit, Lila auf Feurio, Rosa auf Bambi. Sie hatte die schwierige Stute bereits in ihr Herz geschlossen und kam gut mit ihr zurecht.

Lila und Feurio übten unter Katrins kritischem Blick fliegende Galoppwechsel. Sie schwitzten beide vor Anstrengung in der heißen Reithalle, doch es lohnte sich: Am Ende der Stunde klappte es ein paarmal richtig gut. Stolz klopfte Lila ihrem Liebling den Hals und ließ ihn die Zügel aus der Hand kauen.

Jetzt, nach dieser Stunde, war Lila endgültig

entschlossen, nichts unversucht zu lassen, um Feurio zu kaufen. Keine Peinlichkeit konnte da zu groß sein, sie würde es tun!

Zum Trockenreiten drehten die Reitschüler noch eine kurze Schrittrunde im Gelände und ließen ihre Pferde ein bisschen im Bach plantschen, dann kehrten sie zum Stall zurück.

Dort wartete eine unangenehme Überraschung auf Lila. Pauline Grimm stand in Feurios Box, höhnisch lächelnd, in ihren Händen hielt sie die Spendenbüchse.

„Wie goldig, hast du das gebastelt, Fräulein Blau?"

Lila schoss das Blut in den Kopf.

„Gib sie mir zurück!"

„Ach, du kannst sprechen! Das wusste ich ja noch gar nicht!"

Pauline grinste böse über beide Ohren und hielt die Spendenbüchse am ausgestreckten Arm in die Höhe.

„Komm, spring! Hol dir deine Dose!"

Lila war tatsächlich so verzweifelt, dass sie zum Sprung ansetzte, als Pauline urplötzlich das Gesicht verzog, die Büchse fallen ließ und in ein beklagenswertes Geheul ausbrach: Rosa hatte ihr vors Schienbein getreten.

„Das wird euch noch leidtun – ich kenne Leute, die für einen besonderen Tipp sogar Geld bezahlen. Ich sag nur *Hühnchen*!"

Doch jetzt hatte auch Lila genug von der Oberzicke.

Sie ging ganz nahe an Pauline heran und sagte drohend: „Im Gegenteil, du miese Barbie-Imitation, *dir* wird es leidtun, wenn du mich nicht endlich in Ruhe lässt! Dann wird nämlich bald der ganze Reitstall wissen, dass du deine BHs mit Socken ausstopfst!"

Pauline warf einen ertappten Blick auf ihre Brust, lief dann hochrot an und stürmte ohne ein Wort aus dem Stall.

„Die sind wir los – sehr gut, Lila!", grinste Rosa.

Aber Lila war plötzlich wieder besorgt. „Meinst du, sie weiß wirklich was?"

„Ach was!", sagte Rosa. „Und wenn – wie sollte sie es denn beweisen? Außerdem hat sie jetzt Angst vor dir!" Sie kicherten beide.

Als aus der Box von Grobi auch noch Lena Holderbaum, die Klassenbeste, hervorkam, den beiden zuzwinkerte und fragte, ob ihre Tierschutz-Einsatztruppe noch Mitglieder suche, war jedenfalls eindeutig klar, dass Daniel recht gehabt hatte: Lila und Rosa waren berühmt.

Für einen guten Zweck

Zwei lange Stunden standen sich die beiden heimlichen Berühmtheiten später am Nachmittag in der Fußgängerzone die Beine in den Bauch, doch ihre Spendenbüchse blieb leer.

Lila dachte an die *Zehn Stäbe*. Nahm sie sich zu viel vor? War es nicht sowieso unmöglich, die 1 000 Euro zusammenzubekommen, wenn das Tarot dagegen sprach? War die leere Büchse nicht die deutlichste Warnung, endlich mit dem Träumen aufzuhören und die Dinge so zu akzeptieren, wie sie nun einmal waren?

„Mein Pferd soll verkauft werden, eine kleine Spende, bitte!“

Nach den ersten 30 Minuten war Rosa aufgefallen, dass kein Mensch etwas in eine Büchse warf, die noch vollkommen leer war – rasseln musste sie, satt und träge rasseln, als ob schon Hunderte Leute vorher ihren Beitrag zu dieser guten Sache geleistet hätten.

In Ermangelung von Münzen hatte Rosa einige kleine Steinchen durch den Schlitz geworfen. Nun gab es wenigstens einen Ton beim Schütteln, wenn auch keinen, der auch nur entfernt an Kleingeld erinnert hätte.

Nach 60 Minuten hatten sie beschlossen, die Strategie zu wechseln. Anstatt einfach in der Mitte der Fußgängerzone zu stehen und jeden anzusprechen, suchten sie sich nun schon aus weiter Entfernung die Personen aus, von denen sie vermuteten, dass sie herzensgute Menschen waren und einem verzweifelten Mädchen gerne den ein oder anderen Euro zustecken würden.

Doch entweder hielten die Fußgänger die ganze Sache für einen Scherz – was sehr wahrscheinlich war –, oder sie hatten eben ihren letzten Cent für nützliche Dinge wie Kühlschrankdeo oder Katzenfutter mit Hummergeschmack ausgegeben. Niemand warf etwas in die Spendenbüchse.

Schließlich hatte Lila genug. Sie wollte eben die Büchse in einen Mülleimer pfeffern, als Rosa sie noch einmal anstupste und auf eine weißhaarige Frau zeigte, die mit freundlichem Gesicht die Fußgängerzone heraufschlenderte.

„Die noch!“, zischte Rosa.

Lila schüttelte den Kopf.

„Mir reicht's. Wir hören auf. Das hat ja doch keinen Zweck!“

„Glaub's mir! Die da ist der Schlüssel zum Erfolg, das spüre ich! Lila, denk an Feurio!“

„Seit letzten Freitag denk ich an nichts anderes!“

„Dann denk fester! Du kannst alles erreichen, wenn du es nur willst – schließ die Augen und stell dir vor, wie du auf *deinem* Pferd reitest!“

Während die beiden Mädchen weiterstritten, klingelte es plötzlich in ihrer Spendendose – die weißhaarige alte Dame hatte ein paar Münzen hineingeworfen.

„Fürs Rote Kreuz, nehme ich an?“, fragte sie beiläufig.

Geistesgegenwärtig nickten Rosa und Lila.

„Ihr solltet euch vor den Supermarkt stellen, wo die Leute ihre Einkaufswagen zurückbringen“, sagte die Frau und lächelte ihnen freundlich zu. „Den Euro aus dem Wagen werfen bestimmt die meisten in eure Büchse!“

Sie nickte ihnen zu und ging weiter.

Die Mädchen sahen ihr staunend hinterher. Rosa brach als Erste das Schweigen.

„Ich hab's dir doch gesagt: Die da ist der Schlüssel zum Erfolg. 1:0 für meine überragende Menschenkenntnis!“

Lila war weit weniger begeistert.

„Ich weiß nicht ... Und außerdem haben wir sie angelogen!“

Rosa rümpfte die Nase.

„Na und? Die Leute wollen betrogen werden. Ob nun fürs Rote Kreuz oder für eine Reiterin ohne Pferd – ein guter Zweck ist es in jedem Fall, für den wir sammeln!“

Etwas widerwillig ließ sich Lila, der gute Zweck, zum Einkaufszentrum ziehen.

Hier eilten stündlich Hunderte, wenn nicht Tausende von Menschen vorbei und jeder musste mit einem Euro seinen Einkaufswagen von der Kette befreien.

Rosa fand einen Werbezettel, dessen Rückseite weiß war, malte mit Lippenstift ein rotes Kreuz darauf und pappte das Papier mit Kaugummi auf ihre Büchse.

Lila beobachtete sie mit offenem Mund.

Von Weitem sah die Büchse täuschend echt aus, für Menschen in Hektik auch von Nahem.

Kaum hatten sie sich neben das Häuschen für die Einkaufswagen gestellt, als auch schon die ersten Münzen in die Büchse fielen. *Klack, klack!*

Anfangs stand Lila nur regungslos neben der Wagenschlange, später begann sie, die Büchse zu schütteln und den Leuten mit einem freundlichen Lächeln entgegenzustrecken.

Als die Mädchen nach einer guten Stunde im Kopf überschlugen, dass mittlerweile schon mindestens 200 Euro für den guten Zweck gespendet worden waren, fiel Lila ihrer Freundin jubelnd um den Hals.

„Lass uns für heute Schluss machen", schlug sie vor. „Morgen kommen wir mit zwei Büchsen wieder und stellen uns an verschiedenen Stellen auf."

Rosa war anderer Meinung.

„Quatsch, wir haben doch gerade eine Glückssträhne!" Sie sah auf die Uhr ihres Handys. „Noch eine Stunde bis Ladenschluss, die müssen wir nutzen!"

Also blieben sie, und um die Stunde richtig zu nutzen, machten sie nun lautstark Werbung für ihre Aktion.

„Eine Spende fürs Rote Kreuz! Spenden Sie! Das Rote Kreuz sagt danke!"

Nun landete fast jeder Euro, der einen Einkaufswagen verließ, direkt in der Büchse und damit im Portemonnaie von Feurios Bis-jetzt-noch-Besitzer, Herrn Heger.

Lila und Rosa mussten sich mit dem Schütteln der Dose abwechseln, so schwer war sie mittlerweile geworden.

Es klappt, jubelte Lila im Kopf. Es klappt! Die dämlichen Karten hatten unrecht, zu zweit kann man locker zehn Stäbe tragen – fünf für jeden, kein Problem!

Klack, *klack*, die nächsten zwei Euro fielen.

Mindestens ein Viertel des Geldes war bereits in ihren Händen, den Rest würden sie locker in den nächsten Tagen zusammenkriegen!

Klack, *klack*, *klack*, noch einmal drei Euro.

Lila war im siebten, quatsch, im achten – ach was, mindestens im zwölften Himmel!

Selig ritt sie auf ihrem Feurio über Stoppelfelder und durch Wälder, übersprang munter plätschernde Bäche, bis seine Hufe abhoben, die Wipfel der Bäume hinter sich ließen und erst auf den Wolken wieder aufsetzten.

Hier oben, in der grenzenlosen Weite des Himmels, lag ihre Zukunft, Lilas und Feurios. Niemand war dort, der ihnen Hindernisse in den Weg legen konnte.

Feurio gehörte Lila. Wenigen Stunden auf dem Parkplatz eines Einkaufszentrums und der Arglosigkeit einer fröhlichen alten Dame hatte sie diesen Umstand zu verdanken.

„Feurio gehört mir!", flüsterte Lila glücklich, gerade als Rosa einem Mann im grauen Anzug die Spendenbüchse unter die Nase hielt. Der teuren Kleidung nach zu urteilen, würde er einen Euro locker verschmerzen können.

„Eine Spende fürs Rote Kreuz!", wiederholte Rosa und grinste den Mann freundlich an. Dazu schüttelte sie die Dose.

Der Mann lächelte höflich zurück, sah Rosa und Lila aber so durchdringend an, als wolle er sich ihre Gesichter für eine spätere Personenbeschreibung genauestens einprägen.

„Ich wusste gar nicht, dass wir hier heute eine Aktion haben."

Rosas freundliches Grinsen fror ein, hielt sich aber noch tapfer in ihrem Gesicht.

Auch Lilas Kinnlade fiel runter. So ganz verstand sie die Bedeutung des Satzes noch nicht, aber irgendwie roch er nach Ärger, nach großem Ärger sogar.

Das *wir*, das er benutzte, legte nahe, dass dieser Herr im grauen Anzug ebenfalls vom Roten Kreuz war – wobei „ebenfalls" den Sachverhalt nicht ganz genau traf ...

Der Mann griff in die Innentasche seines grauen Sakkos und holte einen postkartengroßen Schein hervor, der in einer Schutzhülle steckte.

„Wie ihr bestimmt wisst, haben alle Mitglieder des Roten Kreuzes beim Sammeln von Spenden einen solchen Ausweis zu tragen, der auf Verlangen vorzuzeigen ist. Zum Beispiel, wenn man sich nicht ganz sicher ist, ob die Spenden tatsächlich an das Rote Kreuz fließen."

Sein Blick wurde noch durchdringender, blieb aber freundlich.

„Könnt ihr mir bitte eure Ausweise vorzeigen?", beendete er seine Rede.

Wegrennen, dachte Lila, wegrennen! Das ist unser Geld, mein Geld, Feurios Geld! Soll er uns anzeigen, kein Problem! Zehn Euro haben wir gesammelt, ehrlich, mehr war's nicht, Herr Richter! Freispruch wegen Geringfügigkeit, vielen Dank, ich tu's nie wieder, nein, ich schwöre es, bei meinem bescheuerten Namen!

Doch an Wegrennen war jetzt nicht mehr zu denken. Die ruhige und doch so bestimmende Ausstrahlung des Mannes, seine sonore Stimme und der durchdringende Blick hatten die Einkäufer neugierig gemacht.

Schon versammelte sich ein kleiner Pulk um sie, der rasch größer wurde. Unter ihnen erkannte Lila auch einige, die ihren Euro bereits gespendet hatten und Rosa und sie nun äußerst misstrauisch anstarrten.

Es war aus! Gleich würde die Menschenmenge sie unter Buhrufen vom Parkplatz jagen und ihnen faule Tomaten nachwerfen – im günstigsten Fall!

Zu allem Unglück bemerkte Lila nun auch noch Sebastian und einen anderen Typen aus der Achten unter den Gaffern. Die Sache würde also auch in der Schule ihre Runde machen!

Ihr Bonus als Tierschützerinnen war mit einem Schlag zunichte gemacht, nun würden sie traurige Berühmtheit erlangen als die Mädchen, die kranke und alte Menschen um ihre Spenden betrogen hatten!

Doch wie immer unterschätzte Lila ihre neue Freundin. Mutig trat Rosa einen Schritt nach vorn und wandte sich an die Zuschauer, die mittlerweile die Ausfahrt des Einkaufszentrums versperrten.

„Liebe Spenderinnen und Spender!“, rief sie, und ihre Stimme zitterte nur ein winziges bisschen. „Ich danke Ihnen allen für Ihre Großzügigkeit. Das Rote Kreuz wird mit Ihrem Geld wie immer gemeinnützige und gesundheitsfördernde Projekte unterstützen. Dafür steht unser Regionalvorstand mit seinem guten Namen ein!"

Blitzschnell schnappte sie sich den Ausweis des Mannes, zeigte ihn in die Runde, drückte ihm dann die nun fast zentnerschwere Büchse in die Hand und begann zu klatschen.

Sofort folgten die drängelnden Menschen ihrem Beispiel und applaudierten dem Anzugmann kräftig.

Dieser verlor nun seinen scharfen Blick und verneigte sich stattdessen etwas verlegen, aber doch geschmeichelt, in alle Richtungen.

„Dies ist die letzte Chance, unsere Aktion zu unterstützen!", rief Rosa in die Menge, fummelte einen Euro aus ihrer Rocktasche und warf ihn betont langsam in die Dose. In dem Ansturm, der nun folgte, konnten die beiden Freundinnen getrost untertauchen und aus dem Blickfeld des Regionalvorstandes entkommen.

„Wie bist du nur darauf gekommen?", wollte Lila, fünf Straßen weiter und vom Rennen völlig aus der Puste, wissen.

„Keine Ahnung!", gestand Rosa. „Der Typ sah einfach so aus, als würde er Lobhudelei über alles lieben – warum macht man sonst so einen Job?"

Lila fand diese Sichtweise zwar ein bisschen zu einfach, aber der Erfolg gab Rosa recht. Aus dieser Klemme hatten sie sich mit einem blauen Auge befreien können – doch alle anderen Probleme wurden dadurch nicht geringer.

Beim Gedanken an diese anderen Probleme sah Lila plötzlich erschrocken auf ihre Uhr, griff sich Rosas Handy und rief ihre Eltern an. Bestimmt saßen sie längst beim Abendbrot.

Doch ihre Sorge war unbegründet.

„Wer stört?“, kaute ihr Vater fröhlich und ohne eine Spur von Ärger in den Hörer – offensichtlich hatte auch er sich verändert.

Zurück auf Start

Unter den strengen Augen von Frau Bernt beratschlagten Rosa und Lila am folgenden Tag über ihre weitere Strategie.

„Es hilft alles nichts“, flüsterte Rosa. „Es bleibt nur ehrliche Arbeit!“

„Ich hab’s schon ausgerechnet“, seufzte Lila kopfschüttelnd. „Das sind 200 Stunden – Minimum. Das schaffen wir nie im Leben. Daneben Pferde pflegen ...“

Eine giftige Stimme unterbrach sie. „Lila Schwarz!“

„... und natürlich Mathe pauken!“, beendete sie den Satz.

„Wie wär’s, wenn du dein geheimes Mathematikwissen nicht nur mit deiner neuen Nachbarin teilen würdest, sondern auch mit dem Rest der Klasse? Das wäre für uns alle eine schöne Überraschung. Wo du doch sonst nie was zum Unterricht beiträgst!“

Lila spürte, wie ihr das Blut in den Kopf stieg. Doch dann atmete sie tief ein und stand auf.

„Sie wissen doch, Frau Bernt, von Mathe versteh

ich nicht so viel. Ich kenne mich mit Farben besser aus!"

Die Klasse brüllte vor Lachen. Nicht nur hatte Lila der unbeliebten Lehrerin endlich mal eine passende Antwort gegeben, bei der ihr die Spucke wegblieb, sie hatte sich auch zum ersten Mal an den Witzeleien über ihren eigenen Namen beteiligt.

Mit einer bisher nicht gekannten Zufriedenheit blickte Lila um sich und sah in allen Augen nur Bewunderung.

Frau Bernt rang hörbar nach Luft. Dreimal nahm sie ihre Brille ab und setzte sie wieder auf die Nase, bis sie hektisch blätternd ihren Kalender aufschlug und sich etwas notierte.

„Darüber werde ich mich am nächsten Elternsprechtag mit deinem Vater unterhalten!", drohte sie.

Das freche Pfeifen von Daniel konnte sie natürlich nicht verstehen.

Lilas Nachmittag verging mit Stallarbeit. Nur sehr halbherzig mistete sie die Boxen aus, verteilte neues Stroh und machte mit dem genesenden Grobi einen kleinen Spaziergang.

Mit ihren Gedanken war sie ganz woanders. Bei Feurio sowieso, aber auch bei Daniel. Er hatte sie heute kein einziges Mal gehänselt. Lila stellte ihn sich in der mittelalterlichen Kleidung des *Buben der Kelche* aus dem Tarot vor: Strumpfhose, Rock,

Stiefel und blauer Samthut. Lila musste lachen, Grobi guckte sie verwundert an.

Als alle Arbeiten erledigt waren, kehrte Lila abgekämpft zu Feurio zurück. Die Tür zu seiner Box stand offen.

Lila wurde rot: Das Liebesorakel hatte recht behalten. Neben ihrem Liebling stand Daniel im frischen Stroh und bearbeitete den Schecken zwar etwas ungeschickt, aber doch voller Hingabe, mit Striegel und Kardätsche.

Lila bemerkte mit springendem Herzen, wie auch Daniel, der sonst so souveräne Klassenclown und Wortführer, unsicher zu Boden blickte und sich in seinen eigenen Sätzen verhaspelte.

„Ich wollte endlich auch mal wissen, wovon ihr den ganzen Tag redet!“, stammelte er. „Hab doch von Pferden überhaupt keine Ahnung! Die Reitlehrerin hat mir erlaubt, deinen Feurio zu putzen, und mir gezeigt, wie das geht.“

Lilas Augen begannen zu glänzen.

Das musste Liebe sein – das konnte einfach nur Liebe sein! Der Hals über Kopf Verliebte tauchte unangemeldet an einem abgeschiedenen Ort auf, an dem seine Angebetete mit einer Sache beschäftigt ist, von der er noch nie etwas gehört hat. Heimlich versucht er, sich Wissen anzueignen, um die Umschwärmte zu überraschen und sich von ihr belehren zu lassen! Ja, es war nicht zu leugnen. Daniel war in sie verliebt, was wollte er sonst hier?

Und die Box war abgeschieden genug, um in einem Kuss zu versinken, wie es ihn sonst nur auf der Kinoleinwand zu bewundern gab. Ich bin bereit, rief es in Lila. Hier stört uns keiner!

Gut, ein Pferd war bei ihnen, aber das würde den Augenblick ihres ersten Kusses nur noch unvergesslicher machen. Umso besser, wenn Feurio in diesem Moment, der ihr Leben verändern würde, bei ihr war!

Doch für einen Kuss stand Lila noch zu weit von Daniel weg, wie ihr auffiel.

Jetzt hätte sie Lektion 2 von Rosas Flirtschule gut gebrauchen können. Im Kino würde die Frau nun einfach auf den Mann zugehen, ihm sanft die Pferdebürste aus der Hand nehmen und ihn leidenschaftlich an sich ziehen. Dann würden sie sich küssen und die Welt stände still.

Lila stutzte.

Nein, so ging es *nicht*! Im Kino würde die Frau das Pferd striegeln, und der Mann zöge sie in seine Arme – durften Frauen das auch, ohne sich lächerlich zu machen?

Bevor diese Frage nicht abschließend geklärt war, konnte sie nicht die Initiative ergreifen, das stand fest!

So blieb ihr nur, sich dem schweigsam mit Feurio beschäftigten Daniel für seine stürmische Umarmung in Position zu stellen.

Lila ging einen Schritt auf ihn zu, lehnte sich an

die Stallwand, legte einen Arm anmutig auf die Fensterbank, schloss die Augen und räusperte sich. Nur noch einen Augenblick, und Daniels Lippen würden sanft und doch fordernd die ihren berühren!

„Zeigst du mir bitte, wie man die Hufe auskratzt, Lila?"

Daniels Stimme riss Lila aus ihren rosaroten Träumen. Offenbar traute sich ihr Romeo noch nicht so ganz – oder er hatte Angst, dass jeden Augenblick jemand in die Box kam und sie störte.

„Niemand wird kommen, Daniel!", säuselte Lila beruhigend.

Daniel sah sie verwundert an.

„Wie meinst du das?", erkundigte er sich verwirrt.

„Na, niemand wird uns stören!"

„Wobei?", fragte Daniel.

Doch zu einer Antwort kam es nicht mehr. Rosa trat in die Box – und störte!

„Ach, da seid ihr! – Dann lasst uns mal loslegen!"

Lila musste wieder zurück auf Start, wie beim Monopoly. Ihre Bemühungen bei Daniel waren erfolglos geblieben und auch was die Finanzierung von Feurio anging, befand sie sich wieder ganz am Anfang.

Ihr Liebling – zunächst blieb es dabei, dass nur Feurio so betitelt werden konnte – versenkte seine

Nase ins Heu, Lila, Daniel und Rosa hockten sich um ihn herum auf umgedrehte Eimer und die Putzkiste.

„Irgendwie kann ich schon verstehen, warum du so an Feurio hängst!“, sagte Daniel und betrachtete das kauende Pferd. „Also, wie kannst du das Geld zusammenbekommen?“

Rosa zwinkerte ihm amüsiert zu.

„Na ja, ein paar Ideen hatten wir ja schon ...“

Alle drei mussten lachen, selbst Feurio schnaubte.

„Bleibt nur noch Arbeit. Wir machen alles!“

Lila hatte ihre Einwände.

„Aber wir können nicht den ganzen Tag zwischen Schule, Stall und Stadt hin und her hetzen, so kommen wir doch auf keinen grünen Zweig!“

Daniel nickte.

„Außerdem braucht ihr Telefon, Werbung und am besten ein Büro, von wo aus ihr zu euren Aufträgen starten könnt.“

Am anderen Ende des Stalls begann Katrin, das Kraftfutter zu verteilen, und die Pferde wurden unruhig. Auch Feurio scharrte ungeduldig mit den Hufen und schlug dabei an die Wand zwischen den Boxen.

„Danke, Feurio!“, rief Lila und küsste den Schecken auf den braunen Fleck zwischen seinen Augen. „Du hast das Problem gelöst!“

Ihre erstaunten Freunde verlangten Aufklärung.

„Na, die Nachbarbox, die steht doch leer!", jubelte Lila. „Das wird unser Büro, unsere Anlaufstelle! Dann können wir hier arbeiten, wenn gerade keine Aufträge anstehen."

Begeistert nickten Rosa und Daniel.

„Telefon hab ich!", fügte Rosa hinzu und legte ihr Handy in die Mitte, als würden gleich die ersten Kunden anrufen.

Daniel versprach, noch heute am Computer einen Werbezettel zu entwerfen.

Lila sah ihn verzückt an: Kein Mensch arbeitete freiwillig, wenn er sich davon nicht einen Vorteil versprach. Der Vorteil konnte in diesem Fall nur sie selbst sein!

Lila war mittlerweile im dreizehnten Himmel angelangt. Alles, worum sich ihre Gedanken seit Tagen drehten, schien zu einem positiven Ende zu kommen.

Um sie herum waren ihr Traumboy, ihre beste Freundin und schon bald auch *ihr* Pferd auf zehn Quadratmetern zusammengedrängt. Was außerhalb dieser Box geschah, interessierte sie nur so weit, wie es Geld einzubringen versprach.

Als Lila jedoch am Abend in ihrem Zimmer voller Überschwang die Tarotkarten befragte und von ihnen die Bestätigung ihrer Glückseligkeit verlangte, zogen dunkle Wolken auf.

Sie zog den *Gehängten*!

Lila zuckte zusammen. Der *Gehängte* – ein Mann, an einem Bein am Ast baumelnd! Diese Symbolik konnte jeder deuten, ohne tiefere Kenntnisse des Tarot zu besitzen: Lila war zur falschen Zeit am falschen Ort, steckte fest, hatte sich in eine falsche Idee verrannt und kam nun nicht weiter. Sie musste das Seil abschütteln, ihre Sicht der Dinge ändern und sich trotzdem nicht hängen lassen.

„Unsinn!“, rief sie aus vollem Hals und fegte den *Gehängten* mit der Hand vom Tisch.

„Ihr könnt nicht alles wissen!“, blaffte sie die Karten an.

Und doch war ihr äußerst unwohl, als sie sich eine halbe Stunde später schlafen legte.

Dienstleistungen aller Art

Obwohl Samstag war, schwang sich Lila schon um sieben Uhr aus den Federn.

Es wurde ernst! Trotz des *Gehängten*, der noch immer wie eine Warnung für den Tag auf dem Teppich vor ihrem Bett lag, wollte sie heute im Kampf um Feurio erfolgreich sein und endlich die ersten Scheine zu seinem Kauf verdienen.

Und wenn sich dabei ganz nebenbei die Möglichkeit ergab, ein bisschen mit Daniel zu flirten – warum nicht!

Lila duschte eiskalt, bis sie hellwach war, und verwendete mehr Zeit als sonst auf ihr Make-up. Schließlich war sie zufrieden. Noch ein paar Tropfen von ihrem Lieblingsparfum und der Tag konnte kommen!

„Hallo, Daniel!“, hauchte sie dem Spiegel entgegen und probierte einen verführerischen Augenaufschlag.

Verabredet waren Daniel, Rosa und Lila für neun. Es blieb also noch ein bisschen Zeit, sich um die Hauptperson oder besser gesagt das Hauptpferd zu kümmern.

Feurio stand in seiner Box und schnaubte erfreut, als Lila so ungewohnt früh um die Ecke bog. Nach einer besonders innigen Begrüßung führte sie Feurio auf die Stallgasse hinaus.

Sie genoss es, so früh am Morgen noch fast allein auf dem Hof zu sein.

Lila beeilte sich mit dem Putzen, und schon 20 Minuten später verließ sie mit Feurio den Stall. Die Morgensonne sorgte dafür, dass es schon angenehm warm war.

Lila saß auf, ergriff die Zügel, schnalzte aufmunternd mit der Zunge und gemächlich setzte sich der Schecke in Bewegung.

Es war herrlich draußen, die Vögel zwitscherten, die Luft roch nach frisch gemähtem Gras, und als sie mit Feurio den Grasweg am Bach entlangtrabte, fühlte Lila sich so glücklich und entspannt wie schon lange nicht mehr.

„Das Glück der Erde liegt auf dem Rücken der Pferde!", sang sie aus vollem Hals, bis Feurio unwillig den Kopf hochwarf.

Auf dem Waldweg erlaubte sie Feurio, noch ein Stück zu galoppieren. Der Wallach freute sich über die Freiheit, seine Hufe flogen wirbelnd dahin, und beide genossen einige Minuten lang die Geschwindigkeit, bis Lila die Zügel wieder annahm und durchparierte.

Anschließend war es Zeit, zum Hof zurückzukehren. Lila genoss wie immer die neidvollen Blicke der Autofahrer und die bewundernden Rufe der Kinder, die mit ausgestreckten Armen auf den stolzen Schecken und seine Reiterin zeigten. Lila winkte ihnen fröhlich zu.

In der Box zwischen Black Beauty und Feurio warteten bereits Rosa und Daniel, ins Gespräch versunken und sichtlich vergnügt.

Als Lila Feurio versorgt hatte und in die unbenutzte Box trat, sprang Daniel auf. Ihre Blicke trafen sich einen Moment lang. Dann guckte Daniel schnell zu Boden. Lilas Nähe machte ihn ganz offensichtlich nervös.

Doch gleich darauf hatte sich der Klassenclown wieder gefangen. Er griff nach seinem Rucksack und holte ein Blatt heraus.

„Hier! Damit läuft der Laden!“

Lila und Rosa betrachteten den Werbezettel. *Vier Farben – Dienstleistungen aller Art* stand in großen Buchstaben darauf. Darunter Rosas Handynummer und eine Auswahl der Arbeiten, die sie anboten: Babysitten, Einkaufen, Hunde ausführen, Putzen, Zimmer aufräumen, Nachhilfe, Reitstunden und und und.

„*Vier Farben*?!“, fragte Lila.

„Na ja, ich dachte, weil du doch gestern selber Witze darüber gemacht hast. Bist du sauer?“

„Quatsch! Der Name ist großartig! Der ganze Zettel ist großartig! Jetzt müssen wir ihn nur noch unter die Leute bringen!“

Daniel schüttelte stolz den Kopf.

„Schon erledigt. Ingo, Matze und Mustafa stehen bereits in der Fußgängerzone und verteilen 1000 Kopien an alle Passanten – sie waren mir noch einen Gefallen schuldig.“

Da tat Lila etwas, das sie in ihren kühnsten Träumen nicht für möglich gehalten hatte: Sie küsste Daniel auf die Wange!

Sofort zuckte sie zurück. Das war doch wohl erst die 2. Lektion, oder?

Daniel ließ sich nicht anmerken, ob ihn die Sache freute oder nicht – eigentlich war er ziemlich schüchtern, wenn es ernst wurde, fand Lila. Doch jetzt gab es erst mal Wichtigeres zu tun, als über Daniel nachzudenken.

Um bei einem Anruf sofort zur Verfügung stehen zu können, musste sie erst auf dem Hof noch ein bisschen helfen.

Zusammen mit Katrin führte sie die Pferde auf die Koppel und fegte anschließend den gesamten Hof und die Auffahrt.

Als sie zurück in den Stall ging, kam ihr Rosa aufgeregt entgegengerannt.

„Der erste Anruf!“, rief sie jubelnd. „Hund ausführen!“

„Ganz klar mein Job!“, antwortete Lila.

Daniel gab ihr in der leeren Box einen Zettel mit Adresse und Namen der Anruferin. Obwohl – leer war die Box eigentlich nicht mehr. Lila staunte.

Daniel und Rosa hatten sie in ein richtiges kleines Büro verwandelt.

Alles, was man dazu benötigte, hatte Daniel in seinem Skaterrucksack mitgebracht: Blätter und Stifte in verschiedenen Farben, ein Kassenbuch, Stadtpläne sowie Locher, Hefter, Schere und Klebeband. Rosa hatte sich im Café Hufeisen einen Tisch und zwei Stühle geliehen.

Nun saß Daniel mit dem Rücken zur Wand am Tisch, das Handy vor sich, und war dabei, die Daten der ersten Anruferin sorgfältig auf eine Karteikarte zu übertragen.

„Wenn eure Kunden zufrieden sind, rufen sie sicher öfter mit Aufträgen an, dann wirkt es professioneller, wenn ihr bereits alles über sie wisst!“, erklärte er.

Lila strahlte. Mit einer solchen Hilfe musste die Sache einfach gelingen. Außerdem bewies Daniels unglaublicher Einsatz ja wohl endgültig, dass er bis über beide Ohren in sie verknallt war. Was war das Leben schön, wenn man einen solchen Verehrer hatte!

Beschwingt radelte Lila in die Stadt zurück, den Zettel mit dem Auftrag in den Händen. Ihr *Bube der Kelche* war zum Greifen nahe, wen interessierte da noch der *Gehängte*!

Sie schob es auf ihre Aufregung und Verwirrtheit nach dem Fast-Kuss mit Daniel in Feurios Box, dass sie ganz einfach die falsche Karte aus dem

Stapel gezogen hatte. Und wenn sie ihre Erinnerung nicht täuschte, so hatte sie am Abend zuvor auch die Tarotkarten völlig ungemischt vor sich hingelegt, und ihre Frage war sowieso vollkommen unpräzise formuliert gewesen.

Ja, so viel war klar, es war die falsche Karte gezogen worden. *Die Karte* war am falschen Ort zur falschen Zeit – nicht sie selbst! Und jetzt würde sie das erste Geld zu Feurios Kauf verdienen.

Lila stoppte ihr Rad vor dem Haus Nummer 17 und klingelte im zweiten Stock.

Das ohrenbetäubende Bellen des Hundes ließ Lila kurz zusammenzucken.

Warnung vor dem Hunde stand auf dem Schild an der Tür – dieser Satz sollte Lila lange nicht aus dem Kopf gehen.

Hundestress und Babyblues

Einen Hund, der Hasso hieß, so schwor sich Lila, würde sie nie wieder ausführen, egal wie hoch die Bezahlung wäre! Das Monstrum an der Leine war ein Hasso! Und die Stunde, in der sie ihn ausführen sollte, kam ihr vor wie ein Jahr.

Sein Frauchen hatte Lila Hassos Leine in die Hand gedrückt, ohne mit der Wimper zu zucken, und ihr dann die Tür vor der Nase zugeknallt.

Die riesige Dogge – bestimmt Zuchtvieh mit Stammbaum und allem Pipapo – war eine Handbreit größer als Grobi und viel stärker. Hasso zog sie die Straße hinauf, noch ehe Lila ihn in die andere Richtung lenken konnte. Er schien genau zu wissen, wo er hinwollte.

Wie erhielt man bloß die Erlaubnis, so ein Kalb in einem Mehrfamilienhaus unterzubringen, fragte sich Lila. Als Hasso das Maul aufriss und mit der Lautstärke eines Überschallflugzeugs eine Meise anbellte, kam ihr die Antwort von allein: Wer so einen Hund besaß, brauchte keine Erlaubnis!

Ein, zwei Mal versuchte Lila noch, dem Tier ihren Willen aufzuzwingen, doch weil Hasso ihr Zerren nicht einmal zu bemerken schien, gab sie schließlich auf und fügte sich in ihr Schicksal.

Frustriert stolperte sie der Dogge hinterher, die immer schneller wurde. Linksrum, rechtsrum, geradeaus führte Hasso Lila durch die Straßen, die er für richtig hielt. Schließlich kamen sie an seinem Ziel an: METZGEREI stand in roten Buchstaben über dem Schaufenster, vor dem Hasso anhielt.

Einen Moment lang stellte sich Lila voller Schrecken vor, wie Hasso gleich mit Anlauf durch die Scheibe springen, sich die Scherben wie lästige Wassertropfen aus dem Pelz schütteln und alle Würste samt Verkäuferin mit einem Haps verschlingen würde. Doch es zeigte sich, dass sie Hasso unterschätzt hatte. Die Töle war gerissener, als Lila vermutet hätte.

Hasso wartete brav, bis sich die Tür der Metzgerei öffnete, um dann umso ungestümer vorwärts zu springen.

Mit den Würsten allerdings behielt Lila recht. Der Hund kümmerte sich weder um seine Betreuerin, die mit beiden Händen an seiner Leine riss, noch um das Kreischen der Verkäuferin. Seelenruhig umkurvte er die Auslage, schleckte einmal quer über den Frischwurstaufschnitt und stürzte sich dann auf Rindergulasch und Geflügelleber.

„200 Euro Schaden!“, jammerte Lila eine Stunde später Daniel im Boxenbüro vor. „Und auf dem

Rückweg setzte er direkt vor den Augen einer Politesse einen gigantischen Haufen auf den Bürgersteig, sodass ich von meinen letzten Kröten ein Schäufelchen und zwei Sandkasten-Eimer kaufen musste. Einer reichte nicht!"

Lila ließ sich auf den zweiten Stuhl fallen.

Daniel nahm mit einem tiefen Seufzer seinen Kuli zur Hand und trug an oberster Stelle „minus 200 Euro" ins Kassenbuch ein, darunter schrieb er „plus 6 Euro". So viel hatte der Höllenritt mit Hasso eingebracht.

„Und zerreiß ja die Karteikarte. Nein, häng sie als Abschreckung an die Wand!", befahl Lila.

Daniel rechnete die Differenz aus und verzog das Gesicht.

„Hoffentlich hat Rosa mehr Glück. Sie ist gerade Auto waschen bei einer Tankstelle."

Natürlich hatte Rosa mehr Glück. 40 Euro legte sie in die Kasse, als sie wenig später zurückkam, für gerade mal zwei Stunden Schwammwedeln.

Daniel notierte auch diese Zahl.

„Toll, wenn ihr so weitermacht, sind wir übermorgen wieder auf null!"

„Mach dir nichts draus!", tröstete Rosa ihre Freundin. „Nicht alles kann sofort klappen. Das Wichtigste ist, dass *Vier Farben* bekannt wird. Wenn der Laden erst mal läuft, füllt sich die Kasse beinahe von alleine."

Lila schüttelte mutlos den Kopf. Die *Zehn Stäbe*

hatten wieder die Überhand gewonnen. Diese Aufgabe war mehrere Nummern zu groß für sie.

Doch um sich aufzugeben, fehlte einfach die Zeit. In kurzen Abständen klingelte das Handy zweimal.

„Einmal Babysitten, einmal Hundeausführen. Was übernimmst du, Lila?“ Grinsend sah Daniel zu ihr hinüber. Sie streckte ihm nur die Zunge raus und griff nach dem Babysitter-Zettel.

Der Auftrag schien einfach zu sein. Die Eltern des kleinen Paul wollten in die Nachmittagsvorstellung ins Kino und suchten jemanden, der den Kleinen so lange bewachte.

„Um diese Zeit schläft er sowieso immer, aber für alle Fälle: Hier ist unsere Handynummer!“, flötete Pauls Mutter zum Abschied und verschwand samt Ehemann aus der Tür.

Lila legte den Zettel mit der Nummer direkt neben das Telefon, rollte sich auf dem Sofa zusammen und machte sich über die bereitgestellten Chips und Schokolade her.

So sollte Arbeit immer schmecken, dachte Lila und schloss die Augen. Nächste Woche am Mittwoch war ihr Halbgeburtstag, der Tag, an dem sie zwölfeinhalb wurde – ein wichtiger Tag.

Sie beschloss, das Datum dadurch zu ehren, dass sie *vorher* ihren ersten Kuss zustande brachte.

Erschrocken öffnete sie die Augen wieder. Sie wusste ja überhaupt nicht, ob Daniel schon geküsst hatte! Vielleicht war es für ihn gar nichts Besonderes? Vielleicht würde er danach im Kalender *Lila* notieren, zwischen vielen anderen Mädchennamen, so wie er im Moment ihre Einnahmen im Kassenbuch vermerkte?

Oder – was eigentlich noch schlimmer wäre – er hatte selbst noch nie geknutscht! Lila sah ihren ersten Kuss in einem totalen Fiasko enden. Die unerfahrene Lila und der unerfahrene Daniel würden sich gegenseitig die Zungen in den Hals rammen und beide nur wünschen, der ganze Schlamassel wäre bald zu Ende, damit sie ihn vergessen könnten.

Lila schloss die Augen wieder und musste sie auch diesmal sofort wieder aufreißen: Im Nachbarzimmer schrie ein Baby!

Panisch sprang sie auf. Während sie zur Zimmertür rannte, rasten die Bilder aller Babys aus der Verwandtschaft an ihrem inneren Auge vorbei. Was hatten die Mütter noch alles gemacht, um ihre Lieblinge zum Schweigen zu bringen?

Fläschchen geben und füttern, alberne Lieder singen und kitzeln, im Arm wiegen und Es-geht-ein-Mann-die-Treppe-rauf spielen?

Eine halbe Stunde später kam Lila zu der Erkenntnis, dass all diese Strategien nur funktioniert hatten, weil sie die Mütter der Kinder waren!

Den kleinen Paul jedenfalls beruhigte nichts davon. Lila sang und spielte, füllte das Fläschchen und hielt ihm einen Zwieback hin, nichts funktionierte. Paul schrie aus Leibeskräften. Lila wünschte, sie hätte ihn am Vormittag dabeigehabt, um Hasso in Schach zu halten.

Schließlich war sie so verzweifelt, dass sie zum Telefon griff und die Handynummer von Pauls Eltern wählte. Es knackte im Hörer, dann ertönte in der Küche die Melodie von „Don't worry, be happy" als Klingelton – das Handy lag auf dem Küchentisch und wartete auf die Rückkehr seiner Besitzerin!

Auf die wartete auch Lila. Mit den Nerven am Ende sang sie drei Stunden lang Schlaflieder, wechselte fünfmal die leere Windel, kitzelte Paul, trug ihn die Wohnung rauf und wieder runter, verdrehte die Augen, machte „Buh!" und reichte ihm ein Kuscheltier nach dem nächsten. Er hörte kein einziges Mal auf zu schreien.

Als die Untermieter mit einem Besenstiel an die Decke klopften, bereitete sich Lila darauf vor, den kleinen Stinker einzupacken, mit auf die Straße zu nehmen und alle Kinos der Stadt nach seinen Eltern abzuklappern.

Glücklicherweise blieb Paul und ihr diese Tour erspart. In dem Augenblick, als Lila nach einem Jäckchen für ihn suchte, drehte sich der Schlüssel im Schloss.

Besorgt rannte die Mutter ins Kinderzimmer und drückte ihren Liebling an sich.

„Er ist gerade wach geworden!“ Lila versuchte ein Lächeln, obwohl sie den Tränen nahe war.

„Hab ich doch gesagt, er schläft nachmittags eigentlich immer. Und wenn nicht, hilft sein Nutschi-Nutschi!“

Die Frau fischte einen Schnuller unter dem Kinderbettchen hervor und schob ihrem Goldschatz das Gummiding zwischen die Lippen. Paul machte glücklich die Augen zu, seufzte tief und schlief seelenruhig ein.

Lila kassierte 25 Euro und stolperte aus dem Haus.

„Nutschi-Nutschi!“, rief sie vom Fahrrad aus den Passanten immer wieder zu und konnte es nicht fassen, was man für Geld so alles tat.

Viel Geld und ein bissiges Pferd

Am Sonntagmorgen stand Lila wieder früh auf und erledigte nach dem Frühstück als Erstes wenigstens die dringendsten Hausaufgaben für die nächste Woche. Wegen der zahlreichen Aufregungen der vergangenen Tage hatte sie die Schule sträflich vernachlässigt.

Danach radelte sie zum Reiterhof, obwohl sie eigentlich erst nachmittags mit Rosa und Daniel dort verabredet war.

Sonntags gab es im Stall wenig zu tun. Es war der einzige Tag in der Woche, an dem keine Reitstunden stattfanden. Die Reitschüler blieben zu Hause, und auch Katrin tauchte meistens nur morgens zum Ausmisten und dann wieder abends zum Füttern auf.

Die Pferde wurden bei gutem Wetter auf die Koppel gebracht, oder Lila ließ sie in der Reithalle ein bisschen laufen.

Als Lila ankam, standen die Pferde schon auf der Weide, und Katrin brach gerade auf.

„Hallo Lila", begrüßte die Reitlehrerin sie lächelnd. „Auf dem Weg zu Feurio? Vielleicht könntest du ein bisschen ein Auge auf alles haben, bis ich wiederkomme? Herr Heger scheint immer noch nicht zurück zu sein."

Lila nickte. „Klar! Bis später."

Sie holte sich Feurios Sattel und trug ihn auf den Hof in die Sonne, um ihn gründlich zu putzen und einzufetten.

Die Stille auf dem Reiterhof war himmlisch, doch Lila wusste aus Erfahrung, dass sie nicht lange anhalten würde.

Der Hof lag direkt neben dem Hauptspazierweg der Stadt, und ab mittags strömten Scharen von Leuten in den Stall, meist Eltern, die ihren Kindern ein echtes Pferd zeigen wollten.

Diese Eindringlinge gingen Lila gehörig auf den Keks. Sie störten die Pferde durch ihr Gelärme, standen nur im Weg herum, liefen erschrocken davon, wenn ein Pferd aus der Box geführt wurde, und – das war das Schlimmste – verfütterten Zuckerstückchen und Bonbons an die Tiere.

Der kleine Grobi war Opfer dieser Sonntagsbesucher geworden, da war sich Lila ganz sicher.

Jede zweite Mutter kam überdies an und fragte, ob ihr Kleiner wohl mal reiten dürfe, und hatte dann kein Verständnis für eine Absage.

Würden sie diesen ständigen Bitten nachgeben und jeweils einen Euro für einen kleinen Ritt verlangen, dachte Lila grimmig, könnten sie ein Vermögen verdienen.

Lila fuhr fort, ihren Sattel einzureiben, bis sich der Gedanke tiefer in ihr Gehirn gegraben hatte.

„Das ist es!"

Lila sprang auf. Warum war ihr diese Idee nicht schon früher gekommen?!

Sie brachte den Sattel zurück und sah auf die Uhr. Bald würden die ersten Spaziergänger kommen.

Sie eilte zum Auslauf hinter dem Stall, wo die Ponys in der Sonne standen und dösten.

„Schlumpfine!"

Träge öffnete die Isländerstute ein Auge, als sie Lilas Stimme hörte, ließ sich aber willig in den Stall führen und satteln.

Dann ging Lila mit ihr in die leere Reithalle, wobei sie sorgfältig darauf achtete, die Tür weit offen zu lassen.

Sie befestigte die Longe an Schlumpfines Trense und ließ das Pony im Kreis laufen.

Schon kurz darauf stiefelte eine Mutter mit zwei Kindern herein. Die drei sahen Lila eine Weile zu, dann war es so weit.

„Ob der Kleine wohl mal reiten darf?", erklang es hinter Lila.

„Da haben Sie Glück, wir haben heute Schnuppertag. Fünf Minuten Reiten für zwei Euro!"

Lila hatte eigentlich ein Euro sagen wollen, nun biss sie sich auf die Lippe und wartete nur darauf, dass die Frau fluchend über den Wucher die Halle verlassen würde. Stattdessen drückte sie Lila zehn Euro in die Hand.

„Für eine Viertelstunde, wenn Sie in der Zeit auch auf meine Tochter aufpassen!"

Ungläubig steckte Lila das Geld ein.

Sie half dem Fünfjährigen aufzusteigen und erklärte ihm kurz, wie er sitzen sollte.

Dann trottete Schlumpfine los, und der Junge drehte sich stolz im Kreis.

Nach ein paar Minuten war seine Schwester an der Reihe.

Die Stute war äußerst kinderlieb, Lila hatte sie nicht umsonst ausgewählt. Erst nach einer weiteren Viertelstunde konnte die Mutter die Kinder dazu bewegen, wieder aus dem Sattel zu steigen.

Lila strich sich zufrieden über die Hosentasche, in der 20 Euro knisterten. Und es würden rasch mehr werden, denn vier weitere Kinder hatten schon eine Warteschlange gebildet.

Lila redete geduldig mit ihnen, erklärte ihnen, wie sie die Zügel halten mussten und wie man mit Pferden umging und dass man dem Pony nicht die Absätze in die Seiten hauen durfte.

Schlumpfine drehte ruhig Runde um Runde. Stoppte, wenn Lila sie anhielt, und ging niemals so schnell, dass eines der Kinder Angst bekam.

Nach eineinhalb Stunden musste Lila die Wartenden vertrösten, um Schlumpfine in den Auslauf zurückzubringen und ein anderes Pony zu holen.

Außerdem wollten zwei Taschen voller Münzen ins Büro gebracht werden. Lila öffnete die Kasse und schüttete alles hinein. Das Hochgefühl, das sie überkam, war unbeschreiblich.

Sie hatte eine Möglichkeit gefunden, äußerst schnell zu einer Menge Geld zu kommen. Feurio würde ihr gehören, der Tag war nicht mehr fern!

Lila nahm eine Flasche Wasser aus ihrem Rucksack und trank sie fast in einem Zug aus. Es war noch einmal richtig heiß, und auch in der schattigen Halle stand die Luft.

Plötzlich erklangen auf der Stallgasse Stimmen.

„Er ist wirklich ein ausgezeichnetes Pferd, sehr gut gepflegt und bei bester Gesundheit – Sie werden es nicht bereuen!"

Das war Herr Heger! Lila duckte sich in der leeren Box.

Eine tiefere Stimme antwortete.

„Na, dann wollen wir uns Ihr kleines Juwel mal anschauen. Ich suche schon lange ein ruhiges, älteres Pferd für meine Enkelkinder."

Lila zog es von Kopf bis zu den Füßen, als hätte ihr Zahnarzt einen Nerv angebohrt.

Der Aushang! Daran hatte sie nicht mehr gedacht. Sie war gar nicht auf die Idee gekommen, dass sich während Herrn Hegers Abwesenheit schon Käufer für Feurio melden könnten. Aber natürlich – der Aushang wegen Feurios Verkauf hing ja noch immer am schwarzen Brett!

Warum war sie nie auf die naheliegende Idee gekommen, ihn herunterzureißen, um so wertvolle Zeit zu gewinnen?

Nun war tatsächlich ein echter Interessent da, der ihr Feurio vor der Nase wegschnappen wollte!

Wie nah lagen doch Triumph und Niederlage beieinander!

Eben noch, in der Reithalle, war sie sicher gewesen, dass Feurio bald ihr gehören würde. Von diesem Glücksgefühl war nun nicht mehr der kleinste Rest übrig.

„Die Pferde scheinen alle auf der Koppel zu sein", ertönte nun wieder die Stimme von Herrn Heger. „Ich komme selbst gerade erst von einer Woche Urlaub zurück. Wollen wir gemeinsam die paar Schritte gehen und Feurio holen?"

Der Käufer schien einverstanden zu sein, denn gleich darauf verließen die beiden Männer plaudernd den Stall.

Lilas Gedanken rasten – was war nun zu tun?

Sie entschloss sich, ihrem Instinkt zu vertrauen: Feurio musste versteckt werden! Ihr Vorteil war, dass sie wusste, auf welcher der Koppeln ihr Liebling stand.

Lila rannte durch den anderen Eingang aus dem Stall. Von hier aus war der Weg um einiges kürzer und es standen nicht so viele Besucher im Weg.

Zu Feurio zu laufen war eines, doch wo versteckte man mal eben ein Pferd?

Es gab nicht viele Möglichkeiten. Lila führte Feurio von der Koppel, während sie panisch Blicke zum Stall zurückwarf, um zu sehen, ob Herr Heger mit dem Kaufinteressenten nicht schon auf sie zukam und die ganze Aktion somit zunichte machen konnte.

Doch noch war die Luft rein. Hastig führte Lila den Schecken zu einem großen Stein und zog sich auf seinen Rücken. Sie ritt Feurio sonst nie ohne Sattel, und der Wallach zuckte irritiert mit den Ohren, aber dann ließ er sich doch überzeugen loszulaufen.

Sobald sie den Weg zum Wald erreichten, trieb Lila Feurio mit einem Schnalzen an. Er schien zu spüren, dass es um Leben und Tod ging, und sprintete in gestrecktem Galopp den Pfad hinauf. Lila hielt sich an Feurios Mähne fest und sah sich immer wieder ängstlich um.

Gerade als die Männer in Lilas Blickfeld traten, erreichten sie den Wald und versteckten sich hinter den Bäumen.

Durch die Blätter beobachtete sie, wie Herr Heger und der andere Mann sich suchend umsahen und sich dann auf den Weg zur weiter entfernten Koppel machten.

Fieberhaft überlegte Lila, was sie als Nächstes tun sollte.

Kurz dachte sie daran, sich für den Rest des Tages mit Feurio im Wald zu verstecken, aber sie durfte Herrn Heger auf keinen Fall verärgern, sonst war alles verloren.

Schließlich schlich sie sich mit ihrem Liebling auf einem weiten Umweg zum Hof zurück und verbarg sich erst einmal zwischen den großen Pferdehängern, die nebeneinander in einer Ecke des Platzes standen.

In diesem Augenblick kamen auch die beiden Männer wieder auf den Hof. Ratlos standen sie vor dem Stall.

„Wenn Feurio weder in seiner Box noch auf der Koppel ist, kann eigentlich nur Lila mit ihm ausgeritten sein", sagte Herr Heger nach einigem Überlegen. „Sie ist das Mädchen, das sich um den Schecken kümmert. Bestimmt kommt sie jeden Augenblick zurück, so lange müssen wir leider warten." Nach einer kurzen Atempause kam ihm eine Idee. „Warum setzen wir uns nicht ein bisschen hier auf die Bank? Ich hole uns etwas zu trinken, wenn es Ihnen recht ist!"

Er verschwand mit schnellen Schritten in Richtung Café Hufeisen. Die vergebliche Suche nach Feurio schien ihm sehr peinlich zu sein.

Was nun? Sollte Lila Feurio heimlich in den Stall zurückbringen und seelenruhig zusehen, wie der Mann ihn Herrn Heger abkaufte? Ihr stiegen die Tränen in die Augen. Doch plötzlich dachte sie an Rosa. Was würde ihre beste Freundin in dieser Situation tun?

Na klar, immer geradeaus, statt Umwege zu gehen!

Lila sah nur diese eine Chance. Sie fasste Feurios Halfter fester und zog ihn energisch über den Hof. Als sie an dem Mann vorbeikamen, der Feurio kaufen wollte, begann Lila, lauthals mit ihm zu schimpfen.

„Zum letzten Mal, Feurio, so geht das nicht – du darfst nicht immer nach den Kindern schnappen. Alle haben Angst vor dir!"

Der arme Schecke begriff nicht, warum er plötzlich gescholten wurde, aber der Mann biss sofort an.

„Entschuldigung, junge Dame. Heißt dein Pferd da Feurio?"

Lila mimte die Unschuld vom Lande.

„Ja, aber es ist Gott sei Dank nicht mein Pferd. Ich pflege den störrischen Bock nur, weil es sonst keiner tun will, nicht mal die größten Tierfreunde. Er schnappt und reagiert total aggressiv auf Kinder, wissen Sie!"

Der Mann guckte einen Moment lang verdutzt, doch dann lächelte er Lila zufrieden an.

„Danke für deine Auskunft, junge Dame. Du hast mir viel Ärger erspart!"

Du mir auch, dachte Lila und schritt betont lässig mit Feurio zum Stall zurück, obwohl ihre Knie so stark zitterten, dass man damit Sahne hätte schlagen können.

Das Café lag vom Stall ein gutes Stück entfernt, trotzdem konnte Lila dem Eben-noch-Käufer von Feurio von den Lippen ablesen, wie er Herrn Heger äußerst knapp erklärte, dass er Feurio inzwischen gesehen und kein Interesse mehr an ihm hätte.

Dann ließ er den armen Stallbesitzer mit zwei Tassen in den Händen stehen, bevor der auch nur fragen konnte, warum er seine Meinung geändert hatte.

„Gerade noch mal gut gegangen!"

Lila seufzte erleichtert auf, dann entschuldigte sie sich bei ihrem Liebling für die harten Worte, brachte ihm einen Armvoll Heu in seine Box und stolzierte in die Reithalle zurück, wo eine sich stetig verlängernde Schlange von Kids mit zunehmender Ungeduld auf sie wartete.

Der Doppelschock

Runde um Runde drehten die Kinder in der Reithalle, Münze um Münze wanderte in Lilas Rucksack, den sie am Rand der Halle als Kasse aufgestellt hatte, als ihr die Hosentaschen zu voll und schwer wurden.

Es war ein toller Sonntag! Sie hatte einen Feurio-Käufer vertrieben und verdiente jede Menge Geld.

Lila konnte es kaum erwarten, Rosa und Daniel von ihrem Erfolg zu erzählen. Die beiden würden jetzt bestimmt bald auftauchen. Herr Heger hingegen schien sich nach dem Reinfall mit Feurio ins Café verzogen zu haben, oder er war sogar nach Hause gegangen. Auf jeden Fall ließ er sich zu Lilas Erleichterung nicht mehr auf dem Hof blicken.

Während die letzten Kinder strahlend im Kreis herumritten und erfreute Eltern sich überschwänglich – meistens auch mit einem ansehnlichen Trinkgeld – bei Lila bedankten, waren ihre Gedanken bei Daniel.

Wie konnte sie ihn endlich dazu bewegen, Ernst

zu machen? Wie signalisierte sie ihm am besten, dass sie sich genau dasselbe wünschte wie er?

Sie musste einfach Rosa noch mal um Nachhilfe in Sachen Flirt bitten!

Abgekämpft von den Stunden in der Reithalle, führte Lila das Pony zum Auslauf zurück. Vom benachbarten Fußballplatz drang Lärm herüber. Dort schien gerade irgendein großes Turnier zu starten.

Lila blieb stehen und guckte eine Weile hinüber. Auch Sebastian, der Schulschwarm, machte auf dem Rasen Dehnübungen.

Als sie in den Stall zurückkehrte, kam ihr Lena Holderbaum mit breitem Grinsen entgegen und zwinkerte verschwörerisch.

„Vorsicht! Es funkt!"

Lila konnte sich keinen Reim auf diese Worte machen, war aber zu müde, um nachzufragen, und nickte ihr nur stumm zu.

Beim Eintreten ins *Vier-Farben*-Büro verstand sie jedoch alles – und gar nichts mehr: Rosa und Daniel hingen ineinander verknotet auf einem der Stühle und knutschten!

Sie waren so vertieft, dass sie Lila überhaupt nicht bemerkten. Eine Schlinge zog sich fest und immer fester um Lilas Hals, heiße Lava brodelte in ihrem Bauch und setzte die Magenwände unter Dampf.

Jetzt nicht losheulen, jetzt bloß nicht losheulen!

Sie machte einen Schritt zurück und knallte gegen die Tür der Box.

Rosa sprang erschrocken von Daniels Schoß.

„Lila, wir wollten es dir heute sagen!"

Auch Daniel kam näher.

„Wir haben uns einfach total ineinander verknallt, Lila!"

Mehr brauchte Lila nicht zu hören. Sie schrie: „Ich hasse euch!", schmiss die Tür der Box mit voller Wucht zu und rannte aus dem Stall. Der *Gehängte* aus dem Tarot schaute kopfüber zu einem der Fenster hinein.

Das war es also! Sie war am falschen Platz, hatte die falsche Ausfahrt genommen und die führte in eine Sackgasse.

Jetzt, wo die Verblendung von ihren Augen gefallen war, sah sie auf einmal alles ganz klar.

Deshalb war Daniel immer überall aufgetaucht und hatte den Hilfsbereiten gespielt! Lila war einfach davon ausgegangen, dass er das alles nur für sie tat. Dabei hatte sie übersehen, dass immer auch Rosa anwesend war!

Aber hatte ihr Daniel denn nicht auch Hoffnungen gemacht? Oder war das alles nur ihrer Einbildungskraft und ihrem Wunschdenken zuzuschreiben?

Alle Situationen der vergangenen Tage schossen ihr wieder in den Kopf, und alles ergab nun einen anderen Sinn: Daniels Stotterei, wenn Lila die beiden beim Turteln gestört hatte, die Albernheiten, die sie ausgetauscht hatten, und der ganze Einsatz für die *Vier Farben* – alles Betrug!

Lila fühlte sich von zwei Menschen völlig rücksichtslos zu Boden getreten. Einer von ihnen war bis vor zehn Sekunden noch ihre allerbeste Freundin gewesen.

Jetzt war alles vorbei!

Kein erster Kuss vor ihrem halben Geburtstag, auch nicht vor dem dreizehnten, vierzehnten, achtzehnten.

Sie würde als ungeküsster Frosch sterben, als Unke! Als eklige, warzenbehaftete Kröte mit heruntergezogenen Mundwinkeln würde sie für den Rest ihres Lebens in irgendeinem dunklen Erdloch hocken und die Welt mit bissigen Bemerkungen kommentieren.

Das war ihr Schicksal, es war soeben besiegelt worden!

Ohne nach links oder rechts zu schauen, stürmte Lila über den Hof zwischen Stall und Reithalle. Die Kinder, denen sie eben, in einer besseren Welt, noch in den Sattel geholfen hatte, winkten ihr fröhlich zu, erschraken aber dann vor Lilas finsterem Gesicht.

„Lila, warte doch!"

Rosa hatte die Nervenstärke, auch noch hinter ihr herzurennen!

„Scher dich zum Teufel! Und nimm deinen Skater gleich mit!“, fauchte Lila zurück, ohne sich umzudrehen.

Die Eltern nahmen vorsichtshalber ihre Kinder aus der Schussbahn.

Wohin sollte Lila laufen? Sie wusste es nicht. Sie folgte nur ihren Füßen, die wie Hasso einfach eine bestimmte Richtung eingeschlagen hatten und davon nun nicht mehr abzubringen waren.

Mit den Ellenbogen bahnte sich Lila einen Weg durch die Zuschauer des Fußballturniers.

Die Männer und Frauen schickten ihr wilde Flüche hinterher, doch Lila fluchte doppelt so feurig zurück.

Natürlich sah Sebastian vom Spielfeld zu dem Tumult herüber, den Lila verursachte, doch das war ihr in diesem Moment so was von egal. Der Typ tauchte nun schon seit einer Woche jedes Mal auf, wenn Lila sich unendlich peinlich benahm, da kam es auf ein Mal mehr wirklich auch nicht mehr an.

Immer noch blind vor Wut riss Lila die nächstbeste Tür auf, stapfte an einer Reihe Sporttaschen und schlampig hingeworfener Kleidungsstücke vorbei, öffnete noch eine Tür, verkroch sich im letzten Winkel und begann zu weinen. Hier wollte sie sterben, beschloss Lila, in diesem Leben würde sie sich keinen Millimeter mehr von diesem Platz fortbewegen!

Nachdem sie einen halben Stausee aus sich herausgeheult hatte, starrte Lila benommen vor sich hin.

Warum will ich eigentlich immer auf Klos sterben?, dachte sie in Erinnerung an das Gästeklo der Brauns. Dann erst wurde ihr die Bedeutung ihres Gedankens so richtig klar.

„Ich bin auf einem Klo!“

Lila sah sich um. Sie kniete direkt gegenüber von einer ganzen Reihe Pissoirs.

„Nein, noch schlimmer: Ich bin auf dem Männerklo!“

Alles Umherschauen nutzte nichts: Der einzige Weg zum Ausgang führte quer durch die Umkleidekabine der Fußballer, in der es in diesem Augenblick lauter wurde.

Das erste Spiel des Fußballturniers war offensichtlich vorbei.

Als die Türklinke heruntergedrückt wurde, floh Lila in eine der Kabinen. Bevor der Fußballer sie bemerken konnte, hatte sie den Riegel vorgeschoben und war unsichtbar.

In dieser Kabine, auf einer abgenutzten Keramikschüssel, hockte Lila nun für den Rest des Tages und beklagte ihr schweres Schicksal.

In der Umkleidekabine gaben sich die Spieler die Klinke in die Hand. Ständig war irgendjemand im Raum und zog sich an oder um. Einfach dort hineinzugehen, aus einem Männerklo in eine Männerumkleidekabine zu treten, brachte Lila nicht über sich. Es hätte genau die Art anzüglicher Witze provoziert, auf die Lila dankend verzichten konnte – an ihren ruinierten Ruf gar nicht zu denken!

Also blieb Lila nichts anderes übrig, als auf das Ende des Turniers zu warten – ohne Pferd, ohne Freundin, ohne Lover, auf einem Herrenklo. So hatte sie sich das Paradies schon immer vorgestellt.

Die Rückkehr des Buben

Schlimmer als das stundenlange Warten war für Lila, dass sie nicht laut fluchen durfte. So musste sie leise in sich hineinschimpfen. Zwischenzeitlich kam sie sich vor wie der eingekerkerte Zellengenosse des Grafen von Monte Christo, der nur noch im Wahn vor sich hin blubberte.

Die Welt war so ungerecht!

Bei jedem Schlusspfiff aus der Schiedsrichterpfeife schöpfte Lila Hoffnung, dass das Turnier nun endlich vorbei sei, doch immer wieder aufs Neue starteten weitere Spiele, Achtelfinale, Viertelfinale, Halbfinale und so weiter.

Es war wirklich zum Verzweifeln, wie lange dieses bescheuerte Turnier dauerte!

Und den Gesprächen pinkelnder Jungs und Männer zuzuhören war auch weitaus weniger spannend, als Lila anfangs gehofft hatte.

Als es bereits dunkel wurde, stieg zu allem Übel auch noch köstlicher Bratwurstduft durch das winzige Klofenster zu Lila herein.

Es war einfach nicht zu fassen, wie viel Pech ein einzelner Mensch haben konnte.

Irgendwann, mit fortschreitendem Dunkelwerden, waren immer weniger Stimmen vor der Toilettentür zu hören.

Lila hatte jegliches Zeitgefühl verloren. Sie stand auf. Sollte sie es wagen, ihre Einzelzelle zu verlassen?

Von einem neuerlichen Geräusch in der Umkleidekabine erschreckt, ließ sie sich zurück auf den Klodeckel plumpsen. Dabei fiel die Holzschachtel mit den Tarotkarten aus ihrer Hosentasche und zerbrach.

Fluchend und mit Tränen in den Augen, weil sich wirklich alles gegen sie verschworen zu haben schien, hob Lila die Reste der Kiste auf und holte die Tarotkarten heraus.

Es war Zeit, die Sache mit Daniel endgültig zum Abschluss zu bringen, beschloss Lila.

Sie mischte gründlich und fragte: „Wie geht mein Liebesleben weiter?“

Minutenlang konnten sich ihre Finger nicht zwischen den Karten entscheiden, alle 78 wurden mehrmals ein Stück weit herausgezogen und wieder in den Stapel zurückgeschoben.

Schließlich grub sich eine Karte besonders kräftig in ihre Hand ein, sie wollte offenbar gezogen werden.

Lila seufzte und drehte sie um.

Vor ihr lag der *Bube der Kelche*.

Jetzt hatte sie aber endgültig genug von diesem

Tag! Auch das Tarot musste sie noch verhöhnen! Das war zu viel!

Lila riss die Karte in so viele Stücke, dass nicht das kleinste bisschen Strumpfhose mehr zu erkennen war, und spülte sie im Klo runter.

Dann schloss sie die Tür auf.

Sie lief direkt in die Arme von Sebastian.

„Was machst du denn hier, Lila?", fragte er verdutzt.

Ohne eine Erklärung abzugeben, warf sich Lila ihm um den Hals und heulte und heulte.

Sebastian stellte keine weiteren Fragen, sondern strich ihr nur vorsichtig übers Haar. Wie gut das tat!

Nach einer Weile schob er Lilas Kopf sanft von seiner Brust.

„Warte einen Augenblick. Ich ziehe mir eben ein frisches T-Shirt an, hier passt kein Tropfen mehr rein!"

Lila musste lachen, obwohl sie immer noch schluchzte. Verlegen suchte sie ein Taschentuch und putzte sich die Nase.

„Findest du das denn nicht peinlich, dass ich auf dem Männerklo hocke?"

„Das finde ich sogar oberpeinlich!", meinte Sebastian. „Das ist mir nämlich auch mal passiert – mit dem Frauenklo, selbstverständlich. Vor einem Rockkonzert meiner Lieblingsband war ich so aufgeregt, dass ich versehentlich die falsche Tür erwischt habe. Erst zum letzten Lied hab ich mich dann wieder rausgetraut!“

Jetzt lachten beide.

Sebastian zog Lila in die Umkleidekabine. Eine einsame Sporttasche stand noch auf der Bank, und sie setzten sich daneben.

Dann musste Lila ihm erklären, warum sie so geheult hatte.

Sie erzählte die ganze Geschichte von Feurio, wie sie von seinem geplanten Verkauf erfahren hatte, wie sie sich seit einer Woche darum bemühte, die 1000 Euro zusammenzukriegen, wie sie bereits einen Käufer vertrieben und wie ihre beste Freundin sie hintergangen hatte.

Sebastian hörte ihr aufmerksam zu. Die Geschichte schien ihn wirklich zu interessieren. Immer wieder fragte er nach und wollte noch mehr Details wissen.

Später erzählte er dann auch von sich, von peinlichen Erlebnissen, aber auch davon, wie er sich einmal von seinem besten Freund betrogen gefühlt hatte. Sie redeten und redeten.

Lila konnte es kaum glauben. Sebastian, für den die Hälfte ihrer Mitschülerinnen schwärmte, der gut aussehende Sebastian saß hier neben ihr und redete mit Lila wie mit einem ganz normalen Menschen.

Und er war richtig nett. Und total witzig.

Doch es kam noch besser.

„Ich muss dir was sagen, Lila“, begann Sebastian irgendwann zögernd.

Er starrte eine Weile unsicher auf seine Knie, dann gab er sich einen Ruck. „Ich beobachte dich schon eine ganze Zeit. Ich ... ich finde dich wahnsinnig cool!“

Lila versuchte die Worte *cool* und *Lila* irgendwie zusammenzubringen, doch es wollte nicht gelingen – wusste Sebastian mehr als sie selbst?

„Wie du immer durch die Gegend rennst und was du alles anstellst, ist echt irre! Leider habe ich mich bisher nie getraut, dich anzusprechen! Aber vielleicht hättest du auch Lust, mal was mit mir zu machen?“

Die Sätze klingelten wie Weihnachtsglöckchen in Lilas Kopf. Und wie an Weihnachten, nur tausendmal schöner, war jetzt Bescherung. Sebastian beugte seinen Kopf zu Lila hinunter und küsste sie schüchtern auf den Mund.

Lila schloss die Augen und ließ es geschehen. Der Rest waren fliegende Sternchen und zuckende Blitze.

Als sie die Augen wieder öffnete, fiel ihr Blick auf Sebastians Uhr.

„Verdammter Mist, halb eins!“

Hatten sie wirklich so lange gequatscht?

„Meine Eltern drehen durch!“, jammerte Lila. „Wenn ich jetzt nach Hause komme, gibt’s Ausgehverbot für den Rest des Schuljahrs!“

„Nicht, wenn du ihnen eine von deinen Geschichten erzählst, hier!“

Sebastian hielt Lila sein Handy entgegen.

Lila wählte, und nach einmaligem Klingeln war ihr Vater am Apparat.

Lila erzählte ihm, sie sei aus Versehen in der Damentoilette des Fußballplatzes eingeschlossen worden. Erst jetzt habe ein nächtlicher Spaziergänger ihre Rufe gehört, sie befreit und ihr sein Handy ausgeliehen. Ihr Vater schluckte und versprach, sie abzuholen.

Sebastian verabschiedete sich lange von Lila und verschwand erst im Gebüsch, als ein Auto auf den Parkplatz einbog.

Trotz der Standpauke ihres Vaters war Lila glücklich wie noch nie.

Sebastian interessierte sich für sie.

Auf einmal erschienen alle ihre Sorgen und Probleme irgendwie lösbar.

Ein Traumpferd wechselt den Besitzer

Noch vor Schulbeginn wurde Lila von einem musikalischen Klingeln geweckt – Sebastians Handy! Sie musste es gestern aus Versehen eingepackt haben.

Hellwach griff Lila in ihren Rucksack und holte es heraus.

„Ich bin's, guten Morgen!", erklang Sebastians Stimme aus dem Telefon. „Du musst unbedingt sofort zum Reiterhof kommen, es geht um Feurios neue Besitzerin!"

Lila verschwendete keine Zeit mit weiterem Nachfragen und versuchte auch gar nicht erst, ihren Eltern vorzumachen, dass sie in die Schule fuhr.

Während sie das Wohnzimmer durchquerte, schlüpfte sie in T-Shirt und Rock, rief „Ich muss schnell weg!" in Richtung Küche und lief aus dem Haus.

Wie der Wind raste sie zum Hof.

Vor Feurios Box erwarteten sie Herr Heger und Katrin.

Lila sah sich im Stall um. Feurios Käuferin, von

der Sebastian gesprochen hatte, war nicht zu sehen. Das war ihre letzte Chance, mit Herrn Heger zu sprechen. Sie stürzte auf ihn zu.

„Sie dürfen Feurio nicht verkaufen – bitte! Er ist mein absoluter Liebling!“, bestürmte sie Herrn Heger. Am liebsten hätte sie ihm mit beiden Fäusten auf die Brust getrommelt. „Ich werde das Geld für ihn bald verdient haben – können Sie nicht noch ein bisschen warten und ihn dann *mir* verkaufen? Feurio und ich gehören zusammen! Ich würde alles für ihn tun.“

Als wolle er ihre Worte bestätigen, streckte der Schecke in diesem Moment seinen Kopf über die Wand der Box und schnaubte.

Herr Heger grinste. „Obwohl er bösartig ist, nach Kindern schnappt und keiner außer dir ihn pflegen kann?“

Lila wurde rot. Woher wusste er das? Hatte der Interessent von gestern doch noch einmal mit Herrn Heger gesprochen, ohne dass Lila es mitbekommen hatte?

„Mein Neffe Sebastian hat mich heute in aller Frühe angerufen und mir erzählt, was du in der letzten Woche alles unternommen hast, um das Geld für Feurio aufzutreiben“, erklärte Herr Heger.

Lila starrte ihn mit offenem Mund an. Sebastian – der Neffe des Reitstallbesitzers? Und er hatte ihm alles verraten?

Bevor sie etwas sagen konnte, fuhr Herr Heger

fort. „Feurio wird allmählich zu alt für den anstrengenden Job als Schulpferd, deshalb wollte ich ihn verkaufen. Denn ein Pferd, das nur kostet und nichts zu seinem Unterhalt beiträgt, kann ich nicht behalten. Diesen Punkt scheinst du übrigens bei deinen Kaufplänen ganz vergessen zu haben: Oder hattest du dir schon überlegt, wie du Stallmiete, Hufschmied- und Tierarztkosten bezahlen wolltest?“

Erschrocken zuckte Lila zusammen. An dieses Problem hatte sie seit dem Streit mit ihren Eltern tatsächlich nicht mehr gedacht.

Doch jetzt schaltete sich ihre Reitlehrerin ein. „Ich habe Herrn Heger erzählt, wie viel du uns jeden Tag im Stall hilfst. Und gestern Abend haben mich hier auf dem Hof lauter begeisterte Eltern auf die Schnupperstunde angesprochen, die hier stattgefunden hätte. Ich wusste natürlich nicht, wovon sie reden, und war ziemlich sauer auf dich. Aber sie waren alle begeistert und lobten die geduldige junge Reitlehrerin.“

„Gestern hatten wir so viele Neuanmeldungen wie noch nie!“, ergänzte Herr Heger lächelnd. „Deshalb mache ich dir einen Vorschlag, Lila: Ich schenke dir Feurio – mein Neffe hat recht, so eine Beziehung darf man nicht trennen. Und Feurio darf hier im Stall bleiben wie bisher, unter der Bedingung, dass du weiterhin so fleißig mit anpackst und künftig einmal pro Woche eine Kinderschnupperstunde leitest! Vorausgesetzt natürlich, deine Eltern sind einverstanden."

Lila stand reglos da. Ihr Gehirn schien nicht richtig zu funktionieren. Bedeuteten Herrn Hegers Worte wirklich das, was sie dachte?

Der Stallbesitzer zwinkerte ihr zu. „Du kannst es ruhig glauben – Feurio gehört dir!"

Stumm vor Glück schüttelte Lila ihm die Hand. Dann umarmte sie Feurio und küsste ihn wieder und wieder auf die Stirn.

Ihr Traum war Wirklichkeit geworden. Sie war die stolze, überstolze Besitzerin des tollsten Pferdes unter der Sonne.

Lila stand immer noch bei Feurio, als ihr jemand von hinten die Hand über die Augen legte.

„Überraschung!"

Lila brauchte nicht zu raten, *diese* Stimme würde sie unter Tausenden erkennen.

Sie fuhr herum und belohnte Sebastian mit einer innigen Umarmung für alles, was er seit gestern Nacht für sie getan hatte.

Mit dem Geld aus ihrer *Vier-Farben*-Kasse lud sie ihn im Café Hufeisen zum Frühstück ein.

„Warum hast du nicht verraten, dass Herr Heger dein Onkel ist?"

Lila empörte sich nur zum Schein ein bisschen.

Sebastian schmunzelte.

„Ich wusste ja nicht, ob er auf meinen Vorschlag

eingehen würde. Wenn nicht, wäre ich dich vermutlich nie wieder losgeworden!"

„Das wirst du auch so nicht!", platzte Lila heraus und griff nach Sebastians freier Hand.

Nach herrlichem Müsli, Orangensaft und Schinkenbrötchen sah Sebastian auf die Uhr.

„Komm, wenn wir uns beeilen, schaffen wir es noch zur dritten Stunde, dann wird der Ärger nicht ganz so groß!"

Lila nickte seufzend.

Montagmorgen, dritte Stunde. Französisch bei ihrer geliebten Frau Bernt.

Kurz nach dem Klingeln, das die große Pause beendete, kamen die beiden auf dem Schulhof an. Sebastian winkte Lila zum Abschied zu und verschwand in seiner Klasse.

Lilas Gang war deutlich schwerer. Auf sie wartete nicht nur eine griesgrämige Lehrerin, sie musste auch den Blicken von Rosa und Daniel standhalten, ihrer ehemals besten Freundin und dem Typ, von dem sie sich – kindisch wie sie gewesen war – irrtümlicherweise eingebildet hatte, dass er in sie verliebt war.

Lila holte tief Luft, klopfte an die Tür zum Klassenzimmer und trat ein. 28 Köpfe fuhren herum.

„Guten Morgen, Frau Bernt!", sagte Lila laut und deutlich. „Es tut mir leid, dass ich zu spät komme, aber ich musste mich dringend um mein Pferd kümmern!"

Frau Bernt sah sie durchdringend an.

„Du reitest?“, fragte sie dann. „Wie schön! Ich bin in meiner Jugend auch geritten. Nun, wenn es wirklich dringend war ...“

Lila konnte ihr Glück kaum glauben.

„Danke“, murmelte sie und beeilte sich, auf ihren Platz zu kommen.

„Gratuliere, du hast die Schreckschraube gezähmt!“, zischte Rosa zu Lila herüber.

Ignorieren oder antworten?

Lila entschied sich fürs Zweite.

„Kein Kunststück, wenn man mit so einer blöden Tussi wie dir auskommt!“

Rosa grinste und griff unterm Tisch nach Lilas Hand.

„Tut mir leid, wir hätten es dir eher sagen sollen, aber Daniel und ich wussten doch selber noch nicht so genau Bescheid über unsere Gefühle.“

Ein bisschen unsicher sah Rosa sie an.

„Entschuldigung angenommen!“, flüsterte Lila zurück. Sie war wirklich nicht mehr sauer.

Später in der Stunde bekam Lila einen Stups, diesmal von der anderen Seite. Ihre Nachbarin drückte ihr einen Zettel in die Hand.

Er kam nicht wie sonst von Daniel, sondern von Lena Holderbaum.

„Hab zwei weitere Mitglieder für deine Tierschutzgruppe. Wann treffen wir uns eigentlich?“

Lila kritzelte die Antwort.

„Mittwochs 16 Uhr in der freien Box neben Feurio.“

War es wirklich erst eine Woche her, dass ihr Leben eine einzige Katastrophe war?

Sieben Tage später hatte sich das Blatt komplett gewendet. Sie hatte Rosa und Daniel als Freunde, leitete aus heiterem Himmel eine berühmte Tierschutzgruppe und hatte ihre gefürchtete Lehrerin gezähmt. Ihr Vater hatte in der Nacht versprochen, ihr ein Handy zu kaufen, sie besaß ein eigenes Pferd und vor allem: Sie hatte den beliebtesten Jungen der Schule zum Freund!

So sah es heute aus. Und nächste Woche? Weder Rosa noch ihre Eltern würden ihr diese Frage beantworten können.

Um darüber verlässliche Auskunft zu erhalten, gab es nur eine Möglichkeit.

Lila griff in ihre Hosentasche, wo sie lose die 77 übrig gebliebenen Tarotkarten trug.

Gewissenhaft mischte sie.

„Wie sieht meine Zukunft mit Sebastian aus?“, fragte sie die Karten leise.

Ohne jedes Zögern zogen ihre Finger eine Karte hervor und drehten sie um.

Ein glückliches Paar, das sich gegenseitig die Hände entgegenstreckte: die *Liebenden*!

Kathrin Schrocke

Pleiten, Tricks und ein Pferd zu wenig

Franzi

„Wenn Sie den Karton mit den Vasen fallen lassen, schreie ich!“ Dazu wedelt die Frau mit der auffälligen blauen Hornbrille und den künstlichen Blumen im Haar aufgeregt mit den Händen.

Der Möbelpacker nuschelt etwas Unverständliches in seinen Bart und schiebt sich kopfschüttelnd an der verrückten Frau vorbei in das kleine Haus. Den Karton mit den Vasen stellt er übertrieben krachend im Flur auf den Boden.

In der Küche sitze ich: Franziska Maria Hagenbach, genannt Franzi. Zwölf Jahre, zwei Monate und 17 Tage alt, braunes, halblanges Haar und ein Gesicht voller Sommersprossen.

Bei der verrückten Frau handelt es sich um meine Mutter. Am liebsten möchte ich zu dem armen Möbelpacker sagen: „Ich bin in Wirklichkeit adoptiert!“ Oder: „Sie hat mich damals im Krankenhaus entführt. Bringen Sie mich schnell zu meinen richtigen Eltern zurück!“

Aber natürlich wäre das Unsinn, denn die Ähnlichkeit steht uns ins Gesicht geschrieben. Meine Mutter hat die gleichen Sommersprossen wie ich, die gleichen Haare, und der Mund: wie gemalt.

Dass sie so seltsam herumläuft, hat mit ihrem Beruf zu tun. Mama arbeitet mit Künstlern zusammen und organisiert Ausstellungen. Und weil sie selber nicht zeichnen kann, rennt sie eben durch die Gegend wie ein wandelndes Gemälde. So einfach ist das.

Wenn Mom nicht gerade völlig überforderte Möbelpacker zusammenstaucht, ist sie wirklich ganz nett. Das ist auch gut so, denn schließlich sind wir zwei ganz schön aufeinander angewiesen. Meine Mutter ist nämlich alleinerziehend. So ganz stimmt das natürlich nicht, weil ich fast alle Ferien und auch etliche Wochenenden im Jahr bei meinem Vater verbringe. Der hat bislang mit seiner neuen Frau eine Stunde von uns entfernt gewohnt. Jetzt, mit dem Umzug, werden es zwei.

„Also!“, sagt Mama und lässt sich ächzend auf den anderen Küchenhocker fallen. „Diese Möbelheinis bringen mich noch um das Verständnis!“ Dann lacht sie, weil sie glücklicherweise selber merkt, was für einen Schwachsinn sie von sich gibt, und schenkt sich ein Glas Wasser ein.

„Was sagst du, Franzi, habe ich das nicht toll ausgewählt?“, fragt sie und schaut sich stolz im Raum um.

Ich nicke. Es ist wirklich ein schönes kleines Haus. Bisher haben wir in einer Wohnung mitten in der Stadt gelebt. Aber dann hat Mama ein tolles

Stellenangebot in einer Kleinstadt bekommen und gleich beschlossen, direkt aufs Land zu ziehen. Sogar einen Garten gibt es hinter dem Haus und gleich um die Ecke fängt der Wald an.

Draußen hupt es auf einmal laut.

Wie von einer Mücke gestochen springt Mama hoch.

„Das Klavier!“, ruft sie und wirft dabei beinahe das Glas mit Wasser um. Dann rennt sie nach draußen und ich kann sie schon wieder laut schimpfen hören.

Das Klavier ist ein anderes Thema. Wenn meine Mutter darauf spielt, hört sich das super an. Eigentlich wollte sie früher mal Konzertpianistin werden. Doch dann hat sie sich bei einem Unfall den Arm so kompliziert gebrochen, dass daraus nichts wurde. Seither trauert sie dieser verpassten Chance nach und hofft inständig, dass ich in ihre Fußstapfen trete. Würde ja passen: gleiche Sommersprossen, gleicher Mund, gleiche Begabung!

Aber die Wahrheit ist: Mit meiner Begabung ist es nicht weit her. Mich nervt dieses ewige Herumgesitze. Ehrlich. Mich wundert, dass in Museen nicht haufenweise Mädchen ausgestellt sind, die während *Für Elise* am Klavier versteinert sind! Und dann dieses ganze Kauderwelsch! Fortissimo, Prélude. Meine Zunge verknotet sich schon, wenn ich nur daran denke.

Eigentlich habe ich ja gestern Abend gebetet, dass der Transporter mitsamt dem Klavier vom Weg abkommt und eine Böschung hinunterstürzt. Prompt ist ein Zug entgleist, aber mit dem Lieferwagen ist alles in Ordnung. Da sieht man mal, was dabei rauskommt, wenn man seine Gebete nicht deutlich genug ausformuliert!

Schon hieven zwei muskelbepackte Männer das Instrument des Schreckens an der offenen Küchentür vorbei in das leere Wohnzimmer. Mama dirigiert die beiden Typen so lange im Raum hin und her, bis sie den geeigneten Platz gefunden hat.

„Wer von Ihnen beiden spielt denn?“, will der Dickere schnaufend wissen. Und ich höre Mama stolz wie Harry sagen: „Meine Tochter. Die ist wirklich unglaublich talentiert!“

Caro

„Also, ihr Hübschen“, sagt mein Vater. „Wer von euch kann mir nächste Woche einen Gefallen tun?“ Ihr Hübschen. Da ist ja schon alles klar. Braucht er gar nicht mehr weiterzureden.

Hastig dreht meine Schwester Imke ungefähr fünfundsiebzig Spaghettinudeln um ihre Gabel. Das erfordert höchste Konzentration! Verständlich, dass sie da nicht antworten kann. Ihre schwarz umrandeten Augen starren vollkommen abwesend auf ihren Teller hinunter. Mission Spaghetti Bolognese. Jeder Störungsversuch zwecklos!

Hajo, mein älterer Bruder, nippt an seinem Apfelsaft, als wäre er mit der Frage gar nicht gemeint. Dann setzt er das Glas vorsichtig ab und zuckt mit den Schultern.

„Berufsschule“, nuschelt er entschuldigend. „Da kann ich echt nicht auch noch ständig auf dem Hof mit anpacken!“ Seit Hajo seine Ausbildung angefangen hat, hat er eine Paradeausrede für alles.

Papa seufzt. Klein Jonas schlägt mit dem Löffel in seine Suppenschüssel, dass es nach allen Seiten spritzt, und Mama wischt ihm entnervt mit dem Geschirrtuch über den Mund.

Als Papa ausgeseufzt hat, wandert sein Blick zwischen mir und Imke hin und her. „Mädels, ist das machbar, dass eine von euch nächste Woche nachmittags den Stalldienst übernimmt?“ Machbar. Machbar. Es hört sich tatsächlich so an, als ob wir ernsthaft eine Wahl hätten!

Imke werkelt immer noch verbissen an ihren Spaghetti herum. Wahnsinn, wie lang die sind, scheint sie zu denken! Klein Jonas kräht eines seiner Unsinnsworte in die Runde und grinst frech von einem Ohr zum anderen. Der hat gut lachen. Noch kapiert er nicht, in was für eine Familie er da hineingeboren wurde!

„Caro?“ Mein Vater blickt mich mit seinen großen Hundeaugen an. Seine Stimme hat einen schmeichelnden Unterton. Als wäre ich die Einzige auf der ganzen Welt, die als Stallausmisterin einsetzbar ist. Als hätte ich das weltweit erste Stallausmister-Diplom!

„Die Schule fängt doch morgen wieder an!“, presse ich eine unbrauchbare Entschuldigung hervor. „Und außerdem übernehme ich schon für Marion das Ponyreiten.“

Marion schaut fast täglich bei uns vorbei und hilft mit. Dafür darf sie auch umsonst reiten, wann immer sie will. Einen festen Angestellten gibt es auch noch: Robert. Er gibt zusammen mit meinem Vater die Reitstunden und packt eigentlich überall an, wo Not am Mann ist.

Wie auf Knopfdruck bildet sich eine steile Falte auf Papas Stirn. „Immer diese Diskussionen!“, schimpft er und wirkt auf einmal wie ein beleidigter Junge. „In dieser Familie denkt wirklich jeder nur an sich!“

Das ist natürlich ziemlich fies. Ich finde, dass wir ganz schön viel aneinander denken. Manchmal so viel, dass wir fast vergessen, dass es uns selber auch noch gibt.

Auf jeden Fall ist Papa jetzt erst einmal sauer.

Daran ändert sich auch nichts, als wir eine halbe Stunde später alle gemeinsam nach unten gehen, um noch einmal nach den Pferden zu sehen. Keiner von uns spricht, jeder verrichtet stumm seine Aufgaben.

Nachdem ich Black Storm, unserem Hengst, noch einen Armvoll Heu in die Box geworfen habe, schleiche ich wie ein begossener Pudel zu den Ponys hinüber und stehle mich in den dunklen Offenstall.

Erst mal sehe ich gar nichts. Aber dann spüre ich was, an meiner linken Hand nämlich. Tamara, das zutraulichste Pony der ganzen Welt, hat mal wieder sofort kapiert, dass ich am liebsten losheulen würde. Freundschaftlich stupst sie mich mit ihren warmen Nüstern an und legt ihren Kopf in meine Hand.

Wenn es Tamara nicht gäbe, würde ich nicht einen Tag länger auf Hof Reiterglück bleiben! Seit mein Papa die kleine Isländerstute vor vier Jahren krank und halb verhungert einem kleinen Wanderzirkus abgekauft hat, weicht sie mir nicht von der Seite. Kein Wunder, schließlich habe ich mich auch die ganze Zeit um sie gekümmert und sie mühevoll wieder aufgepäppelt!

Zwischen Tamara und mir existiert so etwas wie ein wortloser Gedankenaustausch. So ist es auch heute wieder: Als könne sie meine Traurigkeit spüren, schnaubt sie leise und schmiegt sich tröstend an mich. Lass dich von deiner Familie bloß nicht ärgern, scheint sie zu sagen.

„Liebe Tamara!“, seufze ich und vergrabe mein Gesicht tief in ihrer weichen Mähne. Dann gebe ich ihr einen liebevollen Klaps und brav trottet sie zu den anderen dösenden Ponys zurück.

Franzi

Auf dem kleinen Trampelpfad, der in einer Abkürzung zum Schulgebäude hinunterführt, bleiben wir wie angewurzelt stehen. Aus dieser Perspektive sieht die Schule aus wie ein überdimensionaler gelber Hundehaufen, den ein Bernhardiner vor Schreck in die Landschaft gesetzt hat. Verunsichert ziehe ich die Luft ein.

„Great!“, sagt meine Mutter im selben Moment begeistert und deutet auf die runden Fenster im zweiten Stock. „Great“ sagt meine Mutter immer dann, wenn sie wirklich von etwas begeistert ist. In den meisten Fällen hängt das mit Kunst zusammen. In den seltensten Fällen mit mir. In diesem Augenblick gilt ihre Begeisterung einem gelben Hundehaufen. „Diese Architektur! Diese perfekte Symmetrie! Und das mitten zwischen einem Dorf!“

„*In* einem Dorf“, verbessere ich gleichgültig und starre auf das gewölbte Dach hinunter, das sich wellenartig über das Gebäude ergießt.

Das habe ich vergessen zu erwähnen: Meine Mutter ist eigentlich Engländerin. Sie ist als Studentin nach Deutschland gekommen. Dann hat sie Papa kennengelernt, geheiratet und mich gekriegt.

In England waren wir noch nie, weil Mama meint, man soll nicht dorthin zurückkehren, wo man verbrannte Erde hinterlassen hat. Das klingt ziemlich dramatisch – keine Ahnung, was sie damit meint. Wahrscheinlich hat sie auf dem Flughafen eine Zigarette auf dem Boden ausgetreten und übertreibt mal wieder maßlos.

„Können Sie nicht lesen?" Etwas unwirsch deutet der krawattentragende Herr hinter uns auf das unübersehbare Schild im Rasen: „Betreten verboten!"

Ehe ich eine Entschuldigung herauspressen kann, stellt sich Mama breitbeinig vor ihm auf. „Sehen Sie!", antwortet sie mit einem Funkeln in den Augen. „Genau deswegen sind wir hier. Meine Tochter möchte nämlich unterrichtet werden. Unter anderem auch in Lesen."

„Ach, Sie sind neu hier!", lenkt der Mann ein, als wäre damit alles entschuldigt. Als dürfte man sämtliche Gesetze der Welt brechen, nur weil man irgendwo neu ist.

„6 a", murrt er dann, und ich weiß nicht, ob es eine Frage oder eine Feststellung ist. Ein bisschen klingt der Mann wie ein überarbeiteter Löwendompteur. Oder ein ganz normaler Mathematiklehrer.

Ehe ich etwas sagen kann, fasst er mich unsanft am Ellenbogen und zieht mich mit sich – natürlich auf dem offiziellen, geteerten Weg.

„Bis heute Abend!“, ruft Mama mir mitleidslos hinterher und läuft in Richtung Parkplatz davon. Ihren Cowboyhut presst sie mit beiden Händen fest auf den Kopf.

„Arbeitet deine Mutter in einem Kostümverleih?“, fragt der Löwendompteur verunsichert. Dann reißt er, ohne eine Antwort abzuwarten, die Eingangstür auf, und schon sind wir in dem gelben Hundehaufen verschwunden.

Caro

Eigentlich finde ich den ersten Schultag nach den großen Ferien immer ultraspannend. Irgendwie sehen alle plötzlich so anders aus. Britta hat sich ihre Haare raspelkurz abgeschnitten, Verena ist dünn wie ein Bleistift geworden und Tobias ist so braun, als hätte er sechs Wochen lang nur am Strand gelegen! Und dann gibt es noch eine Neue. Keine Ahnung, was ich von der halten soll.

Nur ich sehe aus wie eh und je. Strohblonder Pferdeschwanz, ein bisschen zu klein, ein bisschen zu schmächtig. Kein Wunder, wenn ich auch nie etwas erlebe!

Schimponski, unser Mathelehrer, reißt mich aus meinen Gedanken.

„Das ist also Franziska Maria Hagenbach", stellt er die Neue vor.

Das Mädchen wird rot und druckst etwas herum. Sie will Franzi genannt werden, sagt sie. Und das, wo ich mir schon mein Leben lang heimlich einen zweiten Vornamen gewünscht habe! Carolina Priscilla Zill zum Beispiel. Noch besser wäre natürlich Carolina Priscilla von Zill. Aber wo um alles in der Welt bekommt man so ein dämliches „von" her?

Franzi wirkt ziemlich unglücklich, wie sie da vorne steht und von Schimponski vorgeführt wird. Das zumindest bleibt mir erspart. Denn umziehen werden meine Eltern in diesem Leben ganz bestimmt nicht!

In der Klasse wird es unruhig, als es darum geht, wo die Neue sitzen soll. Eigentlich hat sich ja jeder schon einen Sitznachbarn ausgesucht und keiner hat Lust, seinen hart erkämpften Platz für so ein Doppelnamen-Mädchen herzugeben. Schön blöd, dass ausgerechnet neben mir der einzige freie Stuhl ist!

„Caro“, schnarrt Schimponski, und ich fühle mich auf einmal wie gestern Abend, als Papa mir den Stalldienst aufgedrückt hat. „Du kümmerst dich doch bestimmt um unsere neue Mitschülerin.“

Volltreffer! In der ersten Reihe kichert einer. Ich höre nur einen Wortfetzen: „Pferdemist“. Und ein anderer grunzt gehässig: „Hühott!“ Die Übrigen lachen.

In meiner Klasse wissen alle Bescheid über den Reiterhof und meine täglichen Beschäftigungen. Ich bin sozusagen ein Mädchen mit tierischer Vergangenheit. Wie könnte es auch anders sein? Wenn man morgens vor der Schule die Pferde füttert, duftet man danach natürlich nicht nach Parfüm. Und die schwarzen Ränder unter den Fingernägeln werde ich einfach nie los.

Obwohl ich die Hänseleien schon gewohnt bin,

verdrehe ich trotzdem die Augen. Erschrocken starrt mich die Neue an. Klar, jetzt denkt sie auch noch, es sei ihretwegen.

„Ich bin Franzi", flüstert sie mir verlegen zu, als hätte der Schimponski sie nicht soeben lang und breit vorgestellt.

Unbeeindruckt rücke ich ein bisschen zur Seite und sie beginnt stumm, ihre Tasche auszuräumen. Sie hat so einen sportlichen Chiemsee-Rucksack, wie ihn Hajo sich seit Urzeiten wünscht. Daneben sieht mein abgegriffener Schulranzen aus wie das reinste Kinderspielzeug.

Langsam legt sie ihre Sachen auf den Tisch: ein Federmäppchen mit einer Sängerin darauf, die ich nicht kenne. Einen Spiralblock. Einen Mini-Taschenrechner. Ein Handy mit getigertem Plüschüberzug. Als sie meinen entgeisterten Blick sieht, schaltet sie es rasch aus, und ich strenge mich an, nach vorne an die Tafel zu starren.

„Und du bist Caro?", versucht sie noch einmal eine Kontaktaufnahme. Ich seufze leise und gequält, wie es mein Papa immer macht. Die braucht sich überhaupt nichts einzubilden auf ihre coolen Sachen. Und ein Handy mit Raubtierfell, das ist sowieso das Hinterletzte!

„Ich bin Carolina Priscilla Zill", flüstere ich zurück und spreche das Carolina irgendwie amerikanisch aus. Das klingt albern, ist mir nun aber mal so rausgerutscht.

Etwas irritiert blickt mich Franzi an. „Mensch! Ist deine Mutter etwa auch Engländerin?“

Vor Überraschung bleibt mir der Mund offen stehen. *Auch Engländerin?* Wie sie das sagt, hört es sich ziemlich cool an. Als wäre es durchaus möglich, dass meine Mutter aus England ist. Für einen Moment kann ich es mir auch richtig gut vorstellen. Dass ich nur zufällig in diesem Dorf lebe und Schubkarren voll Pferdemist durch die Gegend fahre. Weil ich in Wirklichkeit halbe Engländerin bin und eigentlich in London leben müsste, um demnächst berühmt zu werden. Plötzlich kommt mir Franzi vor wie eine Verbündete. Die Einzige in der Klasse, die die Wahrheit sofort erkannt hat!

Franzi kräuselt ihre Nase und beugt sich dicht an mein Ohr. „Ehrlich gesagt, ist diese Schule ziemlich seltsam. Oder findest du nicht auch, dass es hier schrecklich nach Pferdestall riecht?“

Franzi

Weil heute der erste Schultag ist, dürfen wir schon nach der Vierten wieder nach Hause gehen. Für den Anfang reicht es mir offen gestanden auch. Die Leute in der Klasse sind alle so kindisch!

Ein Junge aus der zweiten Reihe hat mich in der Pause gefragt, ob ich ihm ein Wort ins Englische übersetzen kann.

„Welches Wort?“, habe ich gefragt. Als er es mir ins Ohr flüsterte, bin ich knallrot geworden und habe ihn einfach stehen lassen. Keine Ahnung, wie man Schamhaar übersetzt! Soll er sich doch ein Wörterbuch kaufen!

Am allerschlimmsten aber ist das Mädchen, das neben mir sitzt. Carolina. Sie will Käroleina genannt werden. Wie ein amerikanischer Filmstar! Einfach lächerlich.

Erst hat sie total abschätzig meine Sachen angestarrt. Beim Anblick meines Rucksacks hat sie doch tatsächlich die Augen verdreht. Klar, kann ja nicht jeder so einen originellen Lederranzen haben wie sie! Und als ich mein Handy rausgeholt habe, blieb ihr gleich das ganze Gesicht stehen. So nach dem Motto: Wie kann man nur freiwillig mit so einem Kitsch in der Öffentlichkeit herumrennen! Diese Carolina denkt offensichtlich, sie ist etwas Besseres als ich.

In der Woge der anderen Schüler trotte ich den Weg vom Schulgebäude zurück zur Straße, wo bereits die Eltern der Jüngeren warten, um sie zum Mittagessen abzuholen. Mittagessen ... Im Kühlfach zu Hause lagert ein riesiger Topf Schokoladeneis. Ich muss schließlich höllisch darauf achtgeben, nicht magersüchtig zu werden. Zumindest ist das mein Standardspruch für Mama, damit sie nicht auf die wahnsinnige Idee kommt, das Eis- oder Süßigkeitenfach abzuschaffen.

Auf halber Höhe holt mich Caro ein und trottet schweigend an mir vorüber. Die Hände hat sie tief in die Taschen ihrer lässigen Cordhose gesteckt. Sicherlich wird sie heute Nachmittag ins Freibad gehen oder sonst was Cooles unternehmen.

Plötzlich dreht sie sich doch noch mal um und sagt, so halb über die Schulter „Ciao, Franzi!" Das Franzi klingt wieder verdächtig amerikanisch. *Fränsi*. Na ja. Soll die eingebildete Pute mich nennen, wie sie will.

An unserem Gartenzaun angelangt, bleibe ich abrupt stehen. So ein Mist! Entnervt schnappe ich mir mein Tigerfell-Handy und hämmere Mamas Nummer in die Tastatur. Kein Signal. Offenbar hat sie das Telefon ausgeschaltet. Ausgerechnet! Und natürlich ist wie immer mein Akku fast leer.

Aus meinem Rucksack fische ich den kleinen gelben Zettel mit der Adresse der Galerie. Die Sekretärin dort habe ich zum Glück letzte Woche schon kennengelernt.

„Hier ist Franziska Hagenbach. Ist meine Mutter irgendwo in der Nähe?"

Die Sekretärin seufzt bedauernd. „Deine Mutter ist leider bei einer Ortsbegehung. Und im Anschluss besucht sie mit den holländischen Bildhauern ein Café."

Holländische Bildhauer? Ich habe wirklich Pech. Ohne mich großartig zu verabschieden, schalte ich aus und tippe eine SMS: „Kein Schlüssel! Bin im Dorf unterwegs!!!"

Das muss reichen, um Mamas schlechtes Gewissen von null auf hundert zu katapultieren. Dann fällt mir noch was ein. „Was heißt Schamhaar auf Englisch?"

Rasch schicke ich die Botschaft durch die Luft. Irgendwo zwischen holländischem Small Talk und Sachertorte hat Mom sicherlich Zeit, einen Blick auf ihr Display zu werfen und die Schwierigkeiten ihrer einzigen Tochter zu meistern.

Vorsichtshalber laufe ich noch einmal um unser Häuschen herum. Natürlich ist alles bestens abgesichert. An der Hintertür blinkt heiter die kleine rote Alarmanlage. Habe ich schon erzählt, dass meine Mutter panische Angst vor Einbrechern und Entführern hat?

Ich krame meinen Geldbeutel heraus und zähle die Münzen. Direkt neben dem Kindergarten habe ich gestern einen kleinen Imbiss-Stand entdeckt. Dort werde ich mich erst einmal um meine Nahrungsaufnahme kümmern. Dann sehe ich weiter.

„Was machst du denn da?“, fragt mich erstaunt eine vertraute Stimme, als ich fast am Ziel angelangt bin. Ich drehe mich um und entdecke Carolina, die ultracool in dem großen Schaukelreifen hockt, der vor dem Kindergarteneingang baumelt. Die Kleinen kreischen hinter dem Gartenzaun, und Caro schaut genervt auf die Uhr.

„Schlüssel vergessen“, murmele ich und schäme mich, dass ich wirke wie das letzte hilflose Kleinkind.

„Und von deiner Familie ist noch niemand zu Hause?“

„Nö. Meine Mama ist mit so ein paar Holländern unterwegs. Und mein Vater lebt mit seiner Frau sowieso woanders.“

Jetzt bleibt Caro glatt der Mund offen stehen. Seltsam. So schlimm ist es nun auch wieder nicht, mit Holländern auszugehen. Und dass die alle blond sind und in Campingwagen leben, ist ohnehin nicht wahr. Zumindest nicht, wenn es sich um angesehene Bildhauer handelt.

Caro

Ganz schön peinlich, wie ich da in dieser Reifenschaukel sitze und auf meinen Bruder warte. Und dass ich eine von den ätzenden Cordhosen mit den Flicken anhabe, die Mama uns halbjährlich aus zwei Kilometern Billig-Cord von Elfis Resterampe näht, macht die ganze Sache noch schlimmer.

Komischerweise lacht die Neue überhaupt nicht, als sie mich entdeckt. Im Gegenteil! Sie unterhält sich mit mir, als wäre es völlig normal, nach der Schule in einem Lastwagenreifen abzuhängen, der an einem Eisengerüst vor dem Kindergarten baumelt!

Als sie mir erzählt, dass sie nur mit ihrer Mutter zusammenwohnt, bleibt mir erst einmal die Spucke weg. Ich war noch keinen einzigen Tag meines Lebens mit Mama alleine. Halt, stimmt nicht ganz. Vor einem halben Jahr haben meine Eltern beim Rotkreuzfest eine Wochenendreise nach Köln gewonnen. Da durfte ich mit Mama hin, weil Papa auf ein Turnier musste.

Das war das zweitschönste Wochenende meines Lebens! Nicht nur, weil wir in einem noblen Hotel schliefen. Sondern, weil Mama und ich richtig viel

Spaß zusammen hatten. Wir haben in einem Restaurant zu Mittag gegessen und gemeinsam Klamotten bei H&M anprobiert. Dann hat mir Mama einen total witzigen Snoopy-Schlafanzug spendiert und sich selber ein todschickes Abendkleid geleistet.

Abends haben wir einen Liebesfilm im Fernsehen angeschaut und zusammen ein bisschen geweint. Und beinahe hätte ich Mama erzählt, dass ich auch ganz schön verliebt in jemanden bin. Aber dann fiel mir ein, dass wir am nächsten Tag wieder zu Hause sein würden, und sicherlich hätte sie es sofort Papa und Imke weitererzählt. Das Abendkleid hat Mama übrigens eine Woche später bei H&M in der Nachbarstadt wieder umgetauscht.

Bei Franzi und ihrer Mutter ist bestimmt das ganze Jahr über Ausnahmezustand! Wahrscheinlich schauen die sich jeden Abend gemeinsam Liebesfilme an und erzählen sich, in wen sie gerade verknallt sind. Vermutlich sind die beiden beste Freundinnen und es geht ihnen wie in der Werbung, wo die Mutter und die Tochter auf der Straße gefragt werden, ob sie Schwestern sind. Wenn ich mal mit Mama unterwegs bin, fragt man uns bestenfalls nach dem Weg zum nächsten Klo.

„Wie bitte?" Vor lauter Grübelei habe ich gar nicht aufgepasst, was Franzi eben gesagt hat. Jetzt wiederholt sie ihren Satz und mir wird ganz schwummerig. „Wir könnten doch an der Bude drüben einen Hotdog essen und du zeigst mir dann das Dorf!“

Betreten schlucke ich. Ich kann ihr doch jetzt nicht eröffnen, dass ich auf einem öden Pferdehof wohne und dazu verdonnert bin, den ganzen Nachmittag über dort zu arbeiten! Wenn sie das erfährt, macht sie sicherlich gleich einen Abflug.

Aber ehe mir eine Ausrede einfällt, springt das Gartentor des Kindergartens auf, und Klein Jonas kommt herausgeschossen. Als er mich erblickt, rennt er auf mich zu, klammert sich kreischend an meinen Fuß und zerrt mich halb von der Schaukel herunter.

Etwas abgehetzt kommt Elke, die Kindergärtnerin, hinterhergerannt. „Dein Bruder ist mir glatt entwischt!“

Augenblicklich steigt mir die Röte ins Gesicht. Schlimm genug, dass Franzi kapiert, dass das quäkende Etwas an meinem Knie mein Bruder ist. Jetzt fehlt nur noch, dass Elke mit einer ihrer üblichen donnernden Reden anfängt und mich vollends blamiert.

„Danke!“, murre ich deshalb hastig und grapsche nach Klein Jonas’ Hand.

Franzi blickt unsicher zwischen mir und Elke hin und her, als würde sie schon ahnen, was gleich geschieht. Und tatsächlich passiert es auch!

„Du hast diese Woche doch nicht etwa schon

wieder Stalldienst?", fragt Elke bohrend und kniet sich vor mich hin, um Klein Jonas den Schnürsenkel zu binden. Wie soll man sich davonmachen, wenn das Kind, das man im Schlepptau hat, von der Kindergärtnerin an den Schnürsenkeln festgehalten wird? Vorwurfsvoll blickt Elke von unten zu mir hoch. „Jonas hat schon erzählt, dass euer Angestellter krank geworden ist. Können deine Eltern nicht endlich eine zuverlässige Aushilfe einstellen? Bei dem tollen Freibadwetter ist das doch eine Zumutung für ein junges Mädchen wie dich!"

Normalerweise freue ich mich immer, wenn Elke sich für mich ins Zeug legt. Aber heute und jetzt ist der ungünstigste Moment der Welt. Was soll Franzi nur denken?

Zu allem Überfluss richtet sich Elke jetzt auch noch auf und beugt sich über mich. Kopfschüttelnd schnuppert sie an meinem Haar.

„Also, der Pferdemist setzt sich wirklich überall fest!", kommentiert sie vorwurfsvoll, und am liebsten möchte ich fünf Meter tief im Erdboden verschwinden. „Aber ich bin ja selber auf einem Bauernhof mit Tierzucht aufgewachsen", fährt sie mit säuerlichem Gesichtsausdruck fort. „Den Gestank bekommt man einfach nicht wieder los! Und so einen riesigen Pferdehof, wie ihr ihn habt, den schrubbt man sich abends nicht einfach so mit warmem Wasser von der Haut!"

Franzi

Für zehn lange Sekunden denke ich doch glatt, ich träume. Ein Pferdehof!

Carolina blickt die Kindergärtnerin mit einer Spur Verärgerung in den Augen an. Die kümmert sich allerdings nicht weiter darum. „Schönen Nachmittag, Kinder!“, wünscht sie und verschwindet im Gebäude. *Kinder?* Offenbar verbringt sie deutlich zu viel Zeit mit Dreijährigen!

„Hast es ja gehört“, brummt Caro und fasst ihren kleinen Bruder ungeduldig am Arm. „Ich habe leider die ganze Woche über Stalldienst. Außerdem muss ich den Schreihals nach Hause bringen.“

„Selber Schreihals!“, nölt Klein Jonas beleidigt und greift vertrauensvoll nach meiner Hand.

„Lass das!“, schimpft Carolina und wirft mir einen entschuldigenden Blick zu. „Das macht man nicht. Franzi ist schließlich aus England!“

Als sie das sagt, muss ich ziemlich kichern. „In England haben wir Leinen für Kinder!“, sage ich und versuche, möglichst drohend zu gucken.

Klein Jonas starrt mich erfreut an. „Will auch eine Leine!“, kreischt er und lässt sich bellend auf alle viere plumpsen.

Caro verdreht die Augen. „Na prima! Hund ist sein Lieblingsspiel“, zischt sie und zerrt ihren bellenden Bruder grob hinter sich her in Richtung Hauptstraße. „Wir sehen uns dann morgen wieder!“

Doch da hat sie nicht mit mir gerechnet! In meinem Kopf läuft nämlich bereits ein ausführlicher Film über Caros Zuhause ab. Im Kino würde dieser Streifen heißen:

Franzis Sprung in die Freiheit

Darsteller:	- Franzi: Franziska Maria Hagenbach - ein schwarzer Hengst - ca. 100 bis 200 Schimmel (mit gepflegtem Fell)
Schauplatz:	- eine große Pferdeweide - ein ca. zwei Meter hohes Gatter

Inhalt:

Saftige Wiesen münden in unendliche Weiten und bilden eine gigantische Pferdeweide, auf der Hunderte von edlen Schimmeln Kopf an Kopf ihre hoheitsvollen Runden drehen. Ab und zu neigt ein Tier sein Haupt, um ein bisschen an dem taufeuchten Gras zu rupfen.

Aber was ist das?

Ein lautes Wiehern durchbricht die Stille und irgendwo aus dem Meer von weißen Körpern schießt ein nachtschwarzer Hengst hervor. Eine Gasse entsteht und es scheint, als würde der Rappe wie eine mächtige Welle durch den schmalen Korridor zwischen den glänzenden Schimmeln gleiten.

Und jetzt sieht man auch mich: mit wehendem Haar, eng an den Rücken des Hengstes geschmiegt. Genau im Sprung, als der Hengst endlich das Gatter der Koppel erreicht und uns beide in die Freiheit bringt, hebe ich kurz den Kopf, um majestätisch in die Kamera zu lächeln.

Habe ich schon erwähnt, dass ich nicht reiten kann und wegen meiner ängstlichen Mutter noch nie die Möglichkeit hatte, mein Hengstdrehbuch in die Realität umzusetzen?

Hastig renne ich hinter Carolina her.

„Warte mal! Meinst du, ich könnte den Nachmittag bei euch verbringen?"

Caro starrt mich an, als hätte ich soeben vorgeschlagen, heimlich die Schule rosarot anzupinseln.

Klein Jonas klatscht dafür begeistert in die Hände. „Zu uns! Zu uns!", kreischt er und versucht schon wieder, die Nummer mit dem Hund abzuziehen.

„Kannst du nicht anderswo auf deine Mutter warten?", meint Caro barsch, und ich merke, dass sie nicht die geringste Lust hat, mich auf ihren Reiterhof mitzunehmen. Klar, die eingebildete Zicke will natürlich alle Pferde für sich alleine haben!

„Ich helfe dir auch beim Ausmisten!“, versuche ich es weiter und blicke sie bettelnd an. Hoffentlich merkt sie nicht, dass mir das sogar irrsinnig Spaß machen würde!

„Du reitest wohl?“, fragt Carolina jetzt skeptisch.

„Klar“, antworte ich und grinse breit. „Seit Jahren schon!“

Natürlich ist so eine Lüge blöd. Aber sicherlich hätte Carolina mich doch sonst niemals in die Nähe ihrer heiligen Pferde gelassen.

Seit meinem ersten Schultag schon will ich unbedingt reiten lernen! Mein ganzes Taschengeld habe ich als Achtjährige für diese blödsinnigen Fotoaufkleber *Pony Picollo* ausgegeben! Und für das letzte Pony-Picollo-Bild habe ich sogar Schlumpfine aus dem Überraschungsei eingetauscht, obwohl die sicher eine super Geldanlage gewesen wäre! Später habe ich mir kistenweise Pferdebücher ausgeliehen und ganze Passagen auswendig gelernt. Natürlich alles streng geheim und ohne dass meine Mama es erfahren durfte! Denn wenn es eines gibt, was sie wirklich nicht ausstehen kann, dann sind das Pferde.

Ich habe schon erzählt, dass meine Mutter einen Unfall hatte, bei dem sie sich den Arm gebrochen hat. Eigentlich war es ja ein Autounfall. Aber mit im Spiel war ein Pferd, das gerade in dem Moment an der Seite der Straße scheute, als meine Mutter mit zu hoher Geschwindigkeit in ihrem winzigen Fiat herangebraust kam. Als sie das wiehernde, steigende Pferd sah, ist sie mit Vollgas im Graben gelandet.

Seitdem hat sie eine regelrechte Panik vor Pferden. Man muss nur „Hüh!“ rufen und schon bekommt sie die Krise. Papa hat erzählt, dass sie nach dem Unfall monatelang Pferdewurst gegessen hat, weil ihr Psychotherapeut ihr das geraten hat. Was soll man dazu sagen? Ich hoffe nur, dass meine Mutter niemals wegen *mir* eine Therapie machen muss! Caro schaut immer noch unschlüssig in die Gegend. „Bei uns gibt es aber nur Oma-Kost!“, sagt sie und es klingt wie eine Drohung.

„Du hast eine Oma?“, rutscht es mir heraus, und ich merke, wie ich immer neidischer werde. Ein Reiterhof, ein niedlicher kleiner Bruder. Und jetzt auch noch eine waschechte Oma. Kein Wunder, dass das Mädchen so eingebildet ist!

Schließlich gibt Caro auf. „Also gut. Kannst mitkommen. Auf eine Person mehr kommt es bei uns zu Hause sowieso nicht an!“

Caro

Als ich die Tür zur Stube in Omas Wohnbereich aufschiebe, verstummt für einen Augenblick jegliches Geräusch, und alle starren uns an.

Sogar Hajo ist zum Mittagessen nach Hause gekommen – obwohl der doch montags normalerweise immer mit den Kollegen in die Kantine geht!

Papa fasst sich als Erster wieder und räuspert sich überrascht. „Du hast Besuch mitgebracht? Eine Freundin?“

So wie er den Satz ausspricht, wird auch einem Tauben klar, dass ich ansonsten eher der zurückhaltende Typ bin. Oder, um es gnadenlos auszudrücken: extreme Einzelgängerin.

Auch Imke mustert Franzi neugierig, während Oma aufsteht, um noch ein Gedeck zu holen.

„Das ist Franzi“, sage ich und versuche, den Namen möglichst englisch auszusprechen. Dabei übertreibe ich es im Eifer des Gefechts, und ein ziemlich gedehntes „Frä-ä-ä-ä-nsi“ macht sich in der rustikalen Wohnstube breit.

„Ihre Mutter ist Engländerin“, füge ich hastig hinzu, doch das macht es natürlich nur noch schlimmer. Alle starren mich irritiert an.

Aber ehe es peinlich werden kann, schüttelt Franzi meinen Eltern die Hand und bedankt sich für die Einladung.

„Carolina“, sagt sie, und tatsächlich spricht sie es aus, als wäre ich ein amerikanischer Filmstar, „Carolina hat mir netterweise aus der Patsche geholfen. Es stört Sie doch hoffentlich nicht, wenn ich bei Ihnen zu Mittag esse?“

Hajo zieht die Stirn kraus und Imke sieht so aus, als würde ihrem rosaroten Glitzermund jeden Moment ein erstauntes „Muh!“ entfahren. Meine Mutter hingegen wirkt richtiggehend beeindruckt. Eine Engländerin mit guten Manieren in unserem bescheidenen Haus! Das hat es wirklich noch nie gegeben.

Überschwänglich klatscht Oma eine Portion Spinat auf Franzis Teller und schubst ein paar zu Tode geröstete Kartoffelspalten darüber. „Echte Hausmannskost!“, stellt sie stolz fest und zwinkert mir zu. „Das gibt es in England ganz bestimmt nicht! Versteht mich das Mädchen überhaupt?“

Franzi lächelt. „Natürlich!“, sagt sie. „Wissen Sie, ich lebe seit meiner Geburt in Deutschland.“

Eine Weile schaufeln wir schweigend die Spinat-Kartoffel-Pansche in uns rein, aber schon nach wenigen Minuten herrscht wieder der übliche Mittagessen-Lärm.

Papa erzählt von dem neuen Mieter, der in den

Anbau gezogen ist. Ein Lebenskünstler, sagt er, und ich weiß nicht, ob es bewundernd oder abfällig klingt. Im Anbau wohnt eigentlich ständig jemand. Wir vermieten, sooft wir können, damit ein bisschen Geld in die Kasse kommt. Zusätzlich gibt es noch eine Ferienwohnung für die Sommergäste, die Urlaub auf einem Pferdehof machen möchten.

Als Papa dann auch noch mit seinen neuesten Heldentaten beginnt, schalte ich vollkommen auf Durchzug. Mein Vater ist Reitlehrer und Bereiter. Das heißt, er reitet junge Pferde zu, arbeitet aber auch mit bereits ausgebildeten Tieren, wenn die Besitzer Schwierigkeiten mit ihnen haben. Weil Papa das ziemlich gut kann, wird er oft zu sogenannten „Problempferden" auf anderen Höfen gerufen.

Wenn er von seinem Bereiterjob erzählt, ist Papa immer vollkommen in seinem Element. Berichtet, wie er das arme, verstörte Tier mit seiner bloßen Anwesenheit beruhigt hat. Wie es langsam Vertrauen zu ihm gefasst hat. Und wie es ihn schließlich gleich beim ersten Mal völlig friedlich auf seinem Rücken geduldet hat. „Pferdeflüsterer-Gequassel" nennen wir Kinder das heimlich. Aber faszinierend ist es irgendwie schon. Auch jetzt hängen mal wieder alle an seinen Lippen.

„Aus was für einer Patsche hat dir unsere Carolina denn geholfen?", beendet meine Mutter schließlich die Angebereien meines Vaters. „Unsere

Carolina". Wie das klingt! Als hätten meine Eltern einen Versandhandel für Kinder. Modell Carolina. Modell Imke. Modell Hajo!

„Ich habe noch keinen Schlüssel, wir wohnen erst seit ein paar Tagen hier und meine Mutter kommt erst heute Abend wieder nach Hause", erklärt Franzi und schiebt sich ein besonders krosses Kartoffelstück in den Mund. Betreten stellt Oma ihr Glas ab. „Ein Schlüsselkind!", entfährt es ihr mitleidig.

„Du Arme!", meldet sich jetzt auch Mama zu Wort. „Aber gut, was soll man machen, wenn die Eltern berufstätig sind?"

„Nur meine Mutter", berichtigt Franzi. „Mein Vater lebt mit seiner Frau in einer anderen Stadt."

Das Bedauern in den Gesichtern meiner Eltern weicht echter Entrüstung. „Das ist ja schrecklich!", stellt Papa kopfschüttelnd fest und schiebt vor lauter Betroffenheit seine Portion Erdbeerkompott zu Franzi hinüber.

Als wir endlich fertig sind, zeige ich Franzi mein Zimmer.

„Das sieht ja aus wie im Museum!", ruft sie begeistert und bleibt andächtig vor dem wurmstichigen Bauernschrank stehen. Sogar die Waschkommode, die eigentlich nur Dekoration ist, findet sie super. Die Sachen sind allesamt schon ewig alt. Einige der Möbel standen auf dem Dachboden, als meine Eltern den Hof geerbt haben. Ehrlich gesagt wünsche ich mir nichts sehnlicher als ein modernes Jugendzimmer. Mit einem Himmelbett aus Eisen und halb durchsichtigem Stoff darüber. Und einem richtigen Computerarbeitsplatz.

„Mein Zimmer ist dagegen total langweilig!“, sagt Franzi und betrachtet die hässliche Bettwäsche, die Oma mir genäht hat. Mit weißen Maiglöckchen auf gelbem Untergrund. Zu der übrigen Einrichtung passt es ja ganz gut. Aber wenn ich selber entscheiden dürfte, wie meine Bude aussehen soll, würde ich mich für ziemlich andere Sachen entscheiden.

Wie angewurzelt bleibt Franzi vor einem Foto von mir stehen. Das Bild hat Hajo letztes Jahr geknipst, als ich beim Tag der offenen Tür eine Dressurnummer auf Black Storm vorgeführt habe. Eigentlich gar nichts so Spektakuläres, aber der Hengst macht ja immer eine gute Figur. Die Leute waren total begeistert. Auch Franzi kann sich von diesem Bild nicht lösen.

Dabei fällt mir wieder ein, dass sie nicht wegen mir, sondern wegen der Pferde mitgekommen ist. Ein bisschen schade ist das ja schon. Aber gut. Zumindest vor dem Angebot mit dem Ausmisten kann sie sich jetzt nicht mehr drücken!

Franzi

Es ist toll bei Caro! Diese riesige Familie! All das Leben und der Trubel! Neben Klein Jonas gibt es noch eine unglaublich nette ältere Schwester. Sie heißt Imke, und bestimmt kann man mit ihr wunderbar über seine Sorgen reden. Ich kann mir richtig gut vorstellen, wie die beiden Schwestern abends mit angezogenen Knien auf Caros superschönem Bauernbett sitzen, die neue Kuschelrock-CD hören und sich gegenseitig Knutschgeschichten erzählen. Zumindest würde ich das so machen, wenn ich eine ältere Schwester hätte!

Und dann ist da noch ein großer Bruder. Aber was für einer! Total süß, mit einem verschmitzten Lächeln und ganz dunklen, geheimnisvollen Augen. Er ist schon 16 und macht eine Ausbildung. Wie der mich angeguckt hat, als er mitbekommen hat, dass ich halbe Engländerin bin!

Leider habe ich gar nicht viel Zeit, ihn näher kennenzulernen. Denn schon geht die Entdeckungstour los! Erst in Caros Zimmer mit all den herrlichen Möbeln, die noch von den Urgroßeltern stammen und von ihrem Vater mit viel Liebe restauriert worden sind. Und dann ziehen wir uns auch schon für den Stall um! In Caros schönem Bauernschrank stapeln sich zehn oder elf Cordhosen – und alle hat ihre Mutter genäht, als Arbeitsklamotten für den Hof.

Caro schenkt mir ganz großzügig eine von den Hosen. Das betont sie gleich zweimal. Dass ich das Ding auf jeden Fall behalten kann!

Als wir gemeinsam vor dem Spiegel stehen, müssen wir erst mal verlegen grinsen. Mit diesem ähnlichen Outfit sehen wir fast aus wie Zwillingsschwestern. Bis auf die Haarfarbe!

Plötzlich verfinstert sich Caros Miene ein bisschen, und sie wendet sich abrupt vom Spiegel ab. „Der Stall wartet!“, seufzt sie. „Das ewige Ausmisten geht mir ganz schön auf den Wecker!“

Zusammen quetschen wir uns die enge Stiege ins Erdgeschoss hinunter, vorbei an den Silberrahmen mit den Großaufnahmen einzelner Pferde. Ich kann mich gar nicht satt sehen an diesen wunderschönen Fotografien! Was für meine Mutter eine bebilderte Speisekarte wäre, ist für mich die Fotogalerie zum Paradies!

Caro wartet ungeduldig am Fuß der Treppe.

„Kannst alle geschenkt haben!“, murrt sie missmutig und stößt die Tür zum Hof hinaus auf.

Draußen biegen wir gleich nach rechts in den Pferdestall ab. Er ist groß und hell, mit einem breiten Gang zwischen den geräumigen Boxen, an denen Schilder mit dem Namen des jeweiligen Bewohners hängen. „Starlight“, „Laternchen“, „Melody“ und wie sie alle heißen. Vor jeder Box befindet sich noch ein kleiner Auslauf.

Ganz hinten im Stall, mit etwas Abstand zu den anderen, ist die Box von Black Storm. Das ist der Hengst von dem Foto in ihrem Zimmer, wie mir Caro erklärt. Als ob ich das nicht selbst erkannt hätte!

Von dem Hengst abgesehen, ist der Stall leider völlig ausgestorben.

„Wo sind denn die Pferde?“, frage ich und hoffe, dass man mir meine Enttäuschung nicht zu deutlich anhört.

Caro zuckt mit den Schultern. „Um die Mittagszeit sind die Pferde auf der Koppel hinter dem Haus. Wir holen sie erst später rein. Am besten zeige ich dir zuerst einmal alles, bevor wir anfangen.“

Auf der anderen Seite des Stalls liegt der Reitplatz, an den noch eine weitere einladende Koppel grenzt. Die Ponys sind dahinter in einem eigenen Stall untergebracht, in dem sie frei herumlaufen und auch nach draußen gehen können.

Links vom Wohnhaus befinden sich das Büro von Caros Eltern und ihrem Angestellten, eine Besuchertoilette und ein kleiner Aufenthaltsraum, in dem man sich an einem Fernseher Videoaufzeichnungen von Reitturnieren ansehen kann, wo Pferdezeitschriften ausliegen und man sich aus einem Kühlschrank Getränke nehmen darf. Dann gibt es natürlich noch etliche Geräteräume und Kammern, in denen das Sattelzeug aufbewahrt wird. Und eine riesige Scheune, die mit überdimensionalen Heu- und Strohballen gefüllt ist.

Schließlich stehen wir wieder im Stall vor den leeren Boxen, und Caro streckt mir widerwillig eine Mistgabel entgegen.

Schweigend machen wir uns daran, die einzelnen Boxen zu reinigen. Ich beobachte heimlich, was Caro tut, und mache es dann nach. Sie muss ja nicht sofort kapieren, dass ich nicht die geringste Ahnung habe!

Seite an Seite laden wir zentnerweise Mist auf die Schubkarre und schaffen das Zeug zum Misthaufen. Allein der Geruch macht mir überdeutlich, dass ich endlich da gelandet bin, wo ich immer hinwollte. Ganz in der Nähe von diesen wunderbaren Tieren! Da macht es auch nichts, dass die Stallarbeit ziemlich anstrengend ist und mir schon bald die Arme wehtun. Und nicht mal Caro mit ihrem verdrießlichen Gesichtsausdruck und den verkniffenen Lippen kann meine Freude dämpfen!

Als wir nach knapp eineinhalb Stunden fertig sind, wischt sich Caro über die feuchte Stirn und starrt in Richtung Sonne, als könne sie so die Uhrzeit erkennen.

„Wo bleiben die denn?“, murmelt sie und scharrt mit den Stahlkappen ihrer Schuhe auf dem Boden herum. Kaum hat sie es ausgesprochen, kommt ihre Schwester Imke mit einem anderen Mädchen um die Ecke gebogen, und hinter ihnen trottet eine Herde prächtiger Pferde.

„Hast du Black Storm noch nicht auf die Koppel geführt?“, schreit das Mädchen quer über den Platz zu Carolina.

Die verdreht die Augen. „Sorry, bin noch nicht dazu gekommen!“, ruft sie zurück und kickt genervt einen Stein in die Mitte des Reitplatzes. „Marion ist die reinste Sklaventreiberin!“, raunt sie mir zu.

Dann drückt sie mir einen blauen Strick in die Hand und zeigt zum Stall. „Führst du Black Storm auf die Weide?“, bittet sie ganz selbstverständlich. „Dann helfe ich schnell mit den anderen Pferden.“

Ehe ich eine Antwort geben kann, ist sie auch schon in den vorderen Teil des Stalles verschwunden, wo sich die Pferde in ihre Boxen begeben. Die meisten scheinen ihre Box genau zu kennen, nur manche müssen von den Mädchen hineingeführt werden.

Verunsichert gehe ich mit meinem Strick hinüber zu Black Storm. Eigentlich sieht er ja völlig harmlos aus, wie er so in seiner Box steht, den Kopf neugierig nach draußen gestreckt! Als er mich erspäht, blitzen seine Augen freudig auf und ein warmes Gefühl macht sich in mir breit. Hier ist er also! Mein Traum von einem Hengst!

Vorsichtig strecke ich ihm meine Hand entgegen. Black Storm beschnuppert neugierig meine Finger. Wie groß das Tier ist! Für einen Moment bin ich doch froh, dass die Tür zur Box verschlossen ist.

Und jetzt? Immer noch umklammern meine Finger den Strick. Keine Ahnung, wo ich den festmachen soll. Warum werden meine Hände nur auf einmal so feucht? Unsicher schiebe ich die Tür auf. Black Storm schaut mich freundlich an, bewegt sich aber keinen Millimeter von der Stelle.

„Schön rauskommen!“, versuche ich, ihn nach draußen zu locken, und wedle verheißungsvoll mit meinem blauen Strick. Black Storm schnaubt, dreht mir sein schwarzes Hinterteil zu und geht langsam nach hinten.

„Gibt es ein Problem?“, ruft Caro herüber, und die Mädchen blicken neugierig auf. „Willst du ihm eine persönliche Einladung geben?“

Langsam wird mir ein bisschen mulmig zumute. Hätte ich nur gleich zugegeben, dass ich mich mit echten Pferden ziemlich wenig auskenne! Auf den Pony-Picollo-Bildern sahen die aber auch bei Weitem nicht so riesig aus!

„Komm nach draußen!“, zische ich Black Storm zu, der träge an der Tränke steht und nicht weiter auf meine flehenden Rufe achtet.

Plötzlich steht Imke neben mir. „Mensch, Kleine!“ Sie blickt irritiert von mir zur offenen Stalltür. „Black Storm ist zwar ein Hengst, aber doch kein gefährliches Ungeheuer!“ Ohne sich weiter um mich zu kümmern, nimmt sie mir den Strick aus der Hand, geht in den Stall, klickt den Karabinerhaken an Black Storms Halfter fest und führt das Pferd aus der Box. Brav folgt Black Storm ihr zur Koppel. Mit knallrotem Kopf blicke ich den beiden nach.

Etwa im selben Moment rauscht ein großer silberner Mercedes um die Ecke und parkt mitten auf dem Hof.

„Oje! Die Ponybande.“ Caro kommt zu mir und knufft mich in die Seite. „Wenn du die drei überstanden hast, weißt du, warum es wirklich nicht lustig ist, auf einem Reiterhof zu leben!“

Caro

Liste der Dinge, die ich am meisten hasse:

- Stall ausmisten
- die Ponybande
- Brechbohnen
- Matheprüfungen
- Imkes Meerschweinchen
- Imke

Hin und wieder wechseln natürlich die Plätze. Wenn wir uns beispielsweise um das Fernsehprogramm streiten, rückt Imke immer ganz schnell direkt vor die Brechbohnen. Aber die Ponybande und das Ausmisten stehen seit Langem unangefochten auf den ersten Rängen!

Chauffeur der Ponybande ist ihr Vater, Herr Kleifelder. Er arbeitet in einer großen Privatbank und nutzt den Ausflug zum Reiterhof, um lautstarke Telefonate mit seinem Handy zu führen. Hin und wieder, wenn er gerade nicht telefoniert, versucht er, die Reiter in ein Gespräch zu verwickeln. Seine liebste Frage ist: „Haben Sie sich eigentlich schon einmal Gedanken über das Alter gemacht?“

Die Einzige, der er diese bedeutende Frage noch nie gestellt hat, bin ich. Komisch eigentlich. Denn wenn ich es mir recht überlege, denke ich den ganzen Tag über an nichts anderes als ans Älterwerden!

Das Schlimmste an Herrn Kleifelder sind seine drei Söhne: Robbi, Basti und Chrisi Kleifelder.

Die drei Jungs sind absolute Kopien ihres dicken Vaters – und dazu die reinsten Orgelpfeifen. Fünf, sechs und sieben Jahre alt, alle die gleiche Scheitelfrisur, die gleiche Rotznase.

Ausgerechnet meine Tamara ist ihr Lieblingspony! Auf ihr und zwei ihrer Leidensgenossen reiten sie Woche für Woche die öde Strecke durch das Waldstück über den Hügel und zurück zum Hof. Ich trotte brav nebenher und passe auf, dass sie sich oder – schlimmer – die Ponys nicht umbringen.

Bis dahin hört sich das alles ganz erträglich an. Aber in Wahrheit ist es der reinste Horrortrip. Sobald wir nämlich die Kurve zum Waldweg erreichen und der telefonierende Herr Kleifelder aus dem Blickwinkel verschwindet, fängt das Drama an.

Jetzt wollen die drei dicken Kleifelder-Söhne unbedingt Cowboy spielen. Robbi zieht seine Faschingspistole aus der Tasche und knallt wie verrückt in der Gegend herum. Basti haut dem armen Pony die Absätze in die Seiten und trabt mit einem lauten „Vollgas voraus!“ über den Holperweg. Für einen Galopp reichen seine Reitkünste zum Glück noch nicht. Und Chrisi macht sich einen Spaß daraus, mich mit kleinen Kieselsteinen zu bewerfen. Ein Albtraum.

Inzwischen sind wir am Ponystall angekommen. Unter lautem Gejohle reißen die drei Nervensägen das Gatter auf und ich beeile mich, die armen Ponys fertig zu machen. Die Kleifelder-Jungen sind beim Putzen keine große Hilfe. Franzi leider auch nicht. Sie steht nur da und guckt verträumt in die Gegend. Als ich ihr Bonnies Zaumzeug zuwerfe, starrt sie mich fragend an. Die hat die Ruhe weg! Ehe sie neben dem Pony in Tiefschlaf verfällt, nehme ich ihr die Sachen wieder ab und erledige es selbst.

Als es losgeht, erwacht Franzi endlich wieder aus ihrer Starre und hilft Robbi, dem jüngsten der Kleifelder-Jungs, auf den Rücken von Tamara, die unruhig mit den Hufen scharrt. Gleich darauf sitzen auch Basti und Chrisi auf Bonnie und Felix, unseren beiden Dartmoorponys.

Während wir gemeinsam die Tiere und ihre übergewichtige Fracht vom Hof in Richtung Waldpfad führen, beginnt Herr Kleifelder bereits mit einem seiner berüchtigten Telefonate.

Ein paar Meter neben ihm spaziert Muh-Muh-Imke am Zaun des Reitplatzes entlang, auf dem eben die Jugend-Reitgruppe ihre Springstunde beginnt. Das Letzte, was ich höre, ist: „Super Sprung, Michi!“ Und dabei klimpert Imke mit den Wimpern, dass alles zu spät ist!

Manchmal beneide ich die Kinder, die für einen Nachmittag in der Woche auf Hof Reiterglück kommen. Die Eltern nehmen sich extra die Zeit, um ihre Söhne und Töchter aus der Stadt hierher zu bringen. Meine Mutter oder mein Vater würden so etwas nie für uns tun. Für die ist es selbstverständlich, dass man als Kind auf einem Reiterhof nur ein einziges Hobby haben darf: Pferde!

Dabei interessieren mich andere Dinge viel mehr. Zum Beispiel Jazzdance oder Ballett. Außerdem würde ich furchtbar gern ein Instrument spielen können. In meiner Familie sind alle ziemlich unmusikalisch. Einmal habe ich mich deshalb bei Papa beschwert, aber er meinte ganz philosophisch: „Dafür verstehen wir den Gesang der Grashalme vor dem Fenster und können mit Pferden sprechen!“

Und als ich Mama vor ein paar Monaten den Werbezettel der Musikschule in die Hand gedrückt habe, hat sie gleich abgewinkt. Die Grashalm-Ausrede fand sie zwar auch albern, aber im Grunde hat sie Papa doch zugestimmt. „Das ist doch viel zu teuer und zu umständlich! Und nach einem halben Jahr ist dir die Lust wahrscheinlich sowieso wieder vergangen.“

Plötzlich bin ich mit den Gedanken wieder da, wo ich eigentlich sein sollte. Direkt neben Tamara, die zufrieden schnaubt und sich ab und zu von einem Busch ein paar Blätter abreißt. Franzi geht hinter mir neben Bonnie. Doch der Frieden ist nicht von Dauer.

Der kleine Kleifelder hat endlich seine Spielzeugpistole herausgezogen und feuert einen ersten effektvollen Schuss in die Luft. Sofort stinkt es leicht verbrannt und Tamara macht einen ängstlichen kleinen Satz zur Seite. Ich werfe Franzi einen vielsagenden Blick zu.

Aber die erwidert den Blick nicht. Im Gegenteil! Erst einmal bleibt sie reglos stehen. Ich kann beobachten, wie sich ihre Augen zu schmalen Schlitzen zusammenziehen. Wie in Zeitlupe! Dabei sagt sie kein einziges Wort, sondern starrt nur bedrohlich auf den kleinsten Kleifelder-Sohn. Dann geht ein Ruck durch ihren Körper und sie rennt fuchsteufelswild zu Robbi, reißt ihm die Pistole aus der Hand und schmeißt sie ohne einen Kommentar ungefähr vier Kilometer weit in die Wiese hinein.

Das Ding fliegt so lange durch die Luft, dass man die Flugbahn mit bloßem Auge verfolgen kann. Irgendwann an der höchsten Stelle wird die Pistole langsamer und verschwindet in einem eleganten Bogen in Richtung Erde.

Wie vom Donner gerührt starren wir übrigen vier erst die davonfliegende Spielzeugpistole, dann

Franzi an. Robbi ist ganz grün im Gesicht geworden und scheint angestrengt zu überlegen, ob er auf der Stelle laut losheulen oder doch lieber unauffällig weiterreiten soll.

Auch seine beiden Brüder wirken verändert. Es sieht so aus, als ob Franzi ihnen im Gegensatz zu mir regelrecht Angst einflößt! Ich hätte nie gedacht, dass sie so außer sich geraten kann!

Aus den Augenwinkeln beobachte ich, wie der älteste Kleifelder-Sohn vorsichtig die Kieselsteine aus seinen Jackentaschen leert, die er vorhin auf dem Hof eingesammelt hat. Und Basti hält die Beine so stocksteif ans Pony gepresst, dass man beinahe Mitleid kriegen könnte.

Franzi steht immer noch am Wiesenrand und blickt in die Ferne, wo irgendwo Robbi Kleifelders Pistole im Gras liegt, um von Ameisen angepinkelt zu werden.

„Ist das nicht herrlich, dass ich so gut in Weitwurf bin?", seufzt sie, von sich selbst überrascht. Dann zuckt sie bedauernd mit den Schultern und treibt uns an weiterzulaufen.

„Die werden das ihrem Vater erzählen!", flüstere ich ihr beunruhigt zu. Aber Franzi zuckt einfach mit den Schultern.

„Na und? Wir gehen doch auch nicht in Herrn Kleifelders Bank und erschrecken alle mit einer Spielzeugwaffe zu Tode!", murrt sie.

Dann sieht sie mich mit diesem breiten Lächeln

an, das sie schon den ganzen Nachmittag im Gesicht stehen hat. Und zum ersten Mal in meinem Leben macht auch mir der Pony-Ausflug mit den Kleifelder-Jungen richtig Spaß!

Franzi

„Bist du jetzt völlig eingeschnappt? Wo warst du?", empfängt mich meine Mutter in einem Tonfall, den ich leider nur zu gut kenne. Dieser Ton ist immer dann angesagt, wenn Mama richtig sauer ist. Eine Mischung aus Sirene, Bombenhagel und Gewitterregen.

Ich hätte mich natürlich noch mal melden müssen im Laufe des Tages. Aber was kann ich dafür, wenn mein Akku leer ist und ich leider nicht mehr zu erreichen bin? Ich denke doch nicht im Traum daran, dass meine Mom ernsthaft mit vier holländischen Bildhauern das ganze Dorf nach mir absucht!

„*Über*geschnappt", korrigiere ich ihren Satz möglichst gelassen. „Richtig heißt der Satz: ‚Bist du jetzt völlig übergeschnappt?'."

Verwirrt starrt mich Mama an, als wäre sie nicht sicher, ob das ein frecher Kommentar war oder nicht, und verschwindet dann wutschnaubend im Wohnzimmer.

Etwas zerknirscht stehe ich im Türrahmen und beobachte sie, wie sie wie eine Kriegsgöttin auf dem Sofa thront. Wie immer, wenn wir Streit haben, vertieft sie sich in ein Magazin. Natürlich kocht sie innerlich und würde mir am liebsten das Heft an den Kopf schleudern. Aber so etwas darf man sich als Mutter ihrer Ansicht nach nicht leisten. Als Alleinerziehende schon gar nicht.

„Wo warst du?", fragt sie mich also noch einmal zornig, und ich hoffe, dass sie den Pferdegeruch nicht bemerkt, der bestimmt von meinen Klamotten ausströmt. Wenn Mama erfährt, dass auch noch Pferde mit im Spiel waren, steckt sie mich sofort in ein Musik-Internat!

„Bei einer neuen Freundin", quetsche ich deshalb möglichst harmlos hervor und trete ungeduldig von einem Bein auf das andere. Dabei versuche ich, extrem unschuldig auszusehen. Alles leugnen, alles herunterspielen! Das ist die beste Strategie!

Außerdem bin ich nach all den Ereignissen des heutigen Tages viel zu müde für lange Diskussionen. Ich gebe es ja auch zu: Ich habe die Zeit vergessen und Mom in dem Glauben gelassen, ich würde immer noch einsam und hilflos durch die Gassen des Dorfes huschen. Hungernd und frierend. Auf der Suche nach der richtigen Übersetzung für das Wort Schamhaar.

„Konntest du dich nicht melden?", herrscht mich Mama jetzt mit funkelnden Augen an und löst gleichzeitig übertrieben langsam ihr Haargummi. Das macht sie mit Vorliebe, wenn es besonders dramatisch zugeht bei uns. Es hat nämlich den tollen

Effekt, dass ihre wilden Locken mit einem Schlag vom Kopf abstehen wie die Mähne eines Löwen. Sehr bedrohlich.

Leider funktioniert es auch diesmal und ich schlucke betreten den Kloß hinunter, der sich augenblicklich in meinem Hals gebildet hat.

Angeblich hat mich Mom heute Nachmittag fünfzehn Mal angerufen. Und mir ungefähr siebentausend SMS geschickt. Kein Wunder, dass sie mich jetzt in genauso viele Stücke reißen will!

Plötzlich bleibt mein Blick auf einem kleinen silbernen Gegenstand in der Mitte des Couchtischs haften. Der nachgemachte Schlüssel! Wenigstens hat sie den Nachmittag sinnvoll genutzt.

„Und, wann lerne ich das Mädchen kennen?“, fragt Mama und blättert die Seiten ihres Magazins so unsanft um, dass man deutlich hört, wie das Papier reißt. Ritsch, ratsch. Dem armen Ding geht es echt an den Kragen!

Auf Seite 87 beruhigt sich Mamas Pulsschlag endlich wieder, und sie klappt seufzend das zerfledderte Heft zu.

Nach dem Abendessen verdrücke ich mich gleich in mein Zimmer. Draußen wird es schon langsam dunkel, und ich schalte die Halogen-Beleuchtung ein. Es sind lauter einzelne kleine Lichter, die über die Zimmerdecke verteilt sind und aussehen wie ein gigantischer Sternenhimmel. Das hat der vorherige Mieter sich ausgedacht, und Mama hat es gleich so gelassen.

Eigentlich interessiere ich mich nicht für Sternbilder. Aber nach einem Tag wie diesem ist es wunderbar, sich ausgestreckt auf den weichen Teppich zu legen und einfach reglos nach oben zu starren.

Sofort denke ich wieder an Caro und ihre lustige Familie. Dieser wunderbare Reiterhof mit all den interessanten Leuten, die dort ein und aus gehen. Und vor allem natürlich Black Storm, der mit seinem seidigen schwarzen Fell wie der König des Hofes wirkt.

Den ganzen Tag über habe ich ihn dabei beobachtet, wie er majestätisch seine Runden auf der Koppel drehte. Einmal, als ich am Zaun stand, ist er sogar mit wehender Mähne auf mich zugetrabt. Ich war ganz gerührt, dass er extra für mich das Grasen unterbrach!

Plötzlich piept mein Handy in der Akku-Ladestation. Wer das so spät noch ist? Ich überfliege die Botschaft verwundert.

„Wollen wir morgen Nachmittag zu dir gehen?"

Die Nummer kenne ich nicht, aber es kann ja eigentlich nur Caro sein, der ich meine komplette Adresse gegeben habe. Trotzdem finde ich die Frage komisch. Bei uns gibt es schließlich überhaupt nichts zu erleben. Außer, dass einem stündlich die Füße einschlafen und das kümmerliche Kressetöpfchen meiner Mutter auf dem Fenstersims vertrocknet.

Dazu kommt, dass ich mich schon irre darauf gefreut habe, morgen wieder mit auf den Reiterhof zu gehen. Bestimmt vermisst mich Black Storm schon und es wird höchste Zeit für mich, endlich mal auf einem Pferderücken zu landen!

Ich wähle die angegebene Nummer und höre das Freizeichen.

Tut. Tut. Ich gähne.

„Hallo?“, sagt eine männliche Stimme, die mir überhaupt nicht bekannt vorkommt. Oje! Wo bin ich jetzt nur wieder gelandet?

„Hallo?“, wiederholt der Sprecher. „Hallo?“

„Hallo“, krächze ich verwirrt und klappe schnell den Mund wieder zu.

„Bist du das, Franzi?“, höre ich, und auf einmal kommt mir die Stimme doch bekannt vor.

„Franzi, hier spricht Hajo Zill. Eigentlich wollte –“

Vor lauter Schreck lasse ich mein Handy fallen, und die Verbindung ist unterbrochen. Weil das ja so ziemlich das Peinlichste ist, was einem passieren kann, schalte ich es hastig komplett aus und stopfe es wieder in die Ladestation zurück. Als wäre nichts geschehen. Als hätte ich nicht gerade einen Schock bekommen, weil der Bruder meiner neuen Freundin sich zu mir nach Hause eingeladen hat.

Rasch lege ich mich stocksteif zurück auf den

Teppich und vertiefe mich wieder in den Sternenhimmel über mir. Wie romantisch das auf einmal aussieht! Ganz bestimmt wäre Hajo hin und weg, wenn er das sehen könnte!

Verliebt schiele ich in Richtung Ladestation.

Hajo mit den dunklen Augen. Hajo mit dem Grübchenlächeln. Hajo unter meinem Sternenhimmel ...

Als Mama eine Minute später zum Gutenachtsagen in mein Zimmer kommt, tue ich, als sei nichts geschehen.

Denn wenn sie das erfährt, baut sie gleich noch eine Alarmanlage zusätzlich ein. Eine Knutsch-Sirene direkt neben dem Lichtschalter. Das hätte gerade noch gefehlt!

Caro

Als ich fünf Minuten vor Schulbeginn an mein Pult trotte und Franzi dort sitzen sehe, verbessert sich meine schlechte Laune schlagartig. Irgendwie ist es schön, endlich eine Sitznachbarin zu haben. Fast schon eine Freundin. Auch wenn sie mir gestern einfach nicht mehr geantwortet hat.

Das frage ich sie auch gleich zur Begrüßung, als ich mich auf den Platz neben sie fallen lasse.

„Sag mal, warum hast du dich denn gestern Abend nicht mehr gemeldet? Hast du meine SMS nicht bekommen?"

Franzi reagiert ganz seltsam auf diese Frage. Öffnet den Mund, als wolle sie antworten, und schließt ihn dann wieder. Dann noch einmal. Wie ein Fisch, der aus Versehen an Land gespült wurde!

„*Du* warst das?", fragt sie mich schließlich und schaut mich an, als hätte ich ihr soeben eröffnet, die heimliche Erfinderin von Softeis zu sein.

„Wer denn sonst!", antworte ich und verstehe die Welt nicht mehr. „Warum hast du denn einfach aufgelegt? Und danach war das Handy ausgeschaltet!" Jetzt schwingt doch eine Spur Vorwurf in meiner Stimme mit.

„Aber ... dein Bruder ...“, stottert Franzi jetzt und leert vor lauter Verwirrung ihr komplettes Federmäppchen auf unserem Tisch aus. Dann sortiert sie die einzelnen Stifte wieder ein, als ginge es darum, endlich Ordnung in dieses Chaos zu bringen: roter Kuli, grüner Kuli, Bleistift ...

Auf einmal verstehe ich ihre Verwunderung und kläre das Missverständnis rasch auf.

„Weißt du, ich habe doch kein eigenes Handy. Aber mein Bruder hat mir erlaubt, seines für eine Nachricht zu benutzen.“

Mit einem Handgriff grapscht Franzi nach den übrigen Schreibutensilien und stopft sie zurück in ihr Mäppchen.

„Ach so“, stellt sie fest und sieht ziemlich unglücklich aus dabei.

Dann klingelt die Schulglocke und wir reden erst mal gar nicht mehr miteinander.

In der Pause habe ich fast das Gefühl, Franzi rennt vor mir weg. Erst verschwindet sie für eine halbe Ewigkeit auf dem Klo und kommt mit ganz roten Augen wieder heraus. Dann kauft sie sich ein Käsebrötchen und hockt sich schweigend auf den Vorsprung bei den Fahrradstellplätzen, um es alleine zu vertilgen.

Aber ich lasse mich nicht so leicht abschütteln.

„Was ist jetzt mit heute Nachmittag?“, bohre ich nach und mache ein bittendes Gesicht dabei. „Ich würde wirklich gerne mal sehen, wie du so wohnst!"

„Und das Ausmisten?" Endlich sagt sie wieder etwas. Auch wenn es etwas unfreundlich klingt. Wenn Franzi lustig ist, gefällt sie mir viel besser.

„Mama hat angeboten, meine Schicht im Stall zu übernehmen, damit ich etwas mit dir unternehmen kann", platze ich mit der frohen Botschaft heraus.

Ich glaube, meine Mutter ist ziemlich glücklich, dass es endlich jemanden gibt, der so etwas wie meine Freundin ist. Sie findet nämlich, ich bin zu sehr in mich gekehrt. Wahrscheinlich wäre es ihr lieber, ich wäre in so einer doofen Clique wie Imke. Würde heimlich an der Bushaltestelle rauchen und mich über S und E und X unterhalten. Ich habe Imke erst neulich wieder am Telefon belauscht. Sie ist *so* lächerlich!

Endlich nickt Franzi und knüllt die Papierserviette, in die ihr Brötchen eingewickelt war, zu einem Knäuel zusammen. „Ist aber todlangweilig bei uns. Darauf kannst du dich schon mal gefasst machen."

In der fünften Stunde haben wir Musik. Genauer gesagt: Musikgeschichte. Denn das steht in diesem Schuljahr ganz oben auf dem Programm. Aber bevor die Stimmgabel, unsere Musiklehrerin, mit dem Kapitel Klassik beginnt, hat sie etwas anzukündigen. Etwas, das mein Gehirn mit einem Schlag zum Arbeiten bringt.

Langsam geht sie von Tisch zu Tisch und legt jedem einen gefalteten gelben Zettel vor die Nase. Erst sehe ich nur ein paar Zahlen. Das Eurozeichen. Wochentage. Als ich den Wisch auseinanderfalte, kann ich unten einen Comic erkennen. Ein winziges Mädchen, das an einem überdimensionalen Klavier sitzt.

Vorne am Lehrerpult redet die Stimmgabel weiter, aber ich kann mich absolut nicht auf das konzentrieren, was sie sagt. Denn über dem Zettel, der auseinandergefaltet vor mir liegt, steht groß und breit das Wort *Klavierunterricht*.

Ich starre die einzelnen Buchstaben so intensiv an, dass sie fast vor meinen Augen verschwimmen. K-l-a-v-i-e-r buchstabiert mein Hirn, und ich merke, dass meine Ohren verdächtig anfangen zu glühen!

„Wie gesagt“, beendet die Stimmgabel ihren Kurzvortrag. „Herr Fischer ist jeden Montag und Donnerstag hier im Ort. Der Unterricht dauert jeweils eine Stunde und was es kostet, steht auf dem Papier. Das Ganze ist natürlich nur etwas für Schüler, die auch ein Klavier zu Hause stehen haben.“

Das ist ein wichtiger Punkt. Denn auf Hof Reiterglück gibt es ja so ziemlich alles, aber kein Klavier weit und breit! Und der Unterricht ist auch nicht gerade billig. Aber auf meinem Sparbuch habe ich ein paar Hundert Euro. Das Geld stammt noch von meiner Kommunion und ich bin wirklich stolz, dass ich es bislang noch nicht angefasst habe. Mama sagt, ich soll jetzt schon auf den Führerschein sparen. Die Zeit vergeht nämlich schnell, sagt sie, und schwuppdiwupp ist man 18. Na ja. Bisher habe ich davon nicht so sonderlich viel gemerkt!

„Was kostet denn ein Klavier?“, flüstere ich zu Franzi, die ihren gelben Zettel so oft zusammengefaltet hat, dass nur noch ein winziges Dreieck übrig ist. Ein gelbes, dickes Dreieck, in dem das Wort Klavierunterricht eingeschlossen ist.

„Was kostet ein Klavier?“, frage ich noch einmal, weil Franzi angefangen hat, eine fiese Grimasse auf das gelbe Dreieck zu kritzeln, und gar nicht auf mich achtet. Schlitzaugen, Nase, aufgerissener Mund.

„Ein Vermögen!“, sagt sie dann knapp und grimmig. „Für so ein Klavier kann man sich locker ein halbes Pferd leisten!“

Franzi

Ich gebe zu, manchmal übertreibe ich ein bisschen. Aber das sind vermutlich die widerborstigen Gene meiner Mutter. Und die ist, das habt ihr ja inzwischen mitbekommen, ziemlich dramatisch veranlagt.

Trotzdem ärgere ich mich jetzt. Dass ich auf die schwachsinnige Idee gekommen bin, Carolinas Bruder könnte ausgerechnet an mir interessiert sein! Immerhin ist er fast erwachsen und ich habe erst vor zwei Wochen meine Barbies im Keller verstaut!

Auf der anderen Seite bin ich natürlich ziemlich reif für mein Alter. Und gegen einen Kuss unter dem Sternenhimmel in meinem Zimmer hätte ich wirklich nichts einzuwenden gehabt.

Geküsst worden bin ich natürlich schon öfter. Aber eigentlich war das immer nur so im Spaß. Zweimal beim Flaschendrehen und einmal, als ich Fritzi Neumeyer aus der Wohnung über uns geholfen habe, die Stehlampe seiner Mutter in den Keller zu schaffen. Das war so romantisch, dass es einfach über uns gekommen ist.

Allerdings hat Fritzi Neumeyer mit Zunge geküsst, und das fand ich ehrlich gesagt ziemlich eklig. Deshalb bin ich auch gar nicht so traurig, dass wir aus dem Haus ausgezogen sind und ich Fritzi vermutlich nie wiedersehen werde.

Sicher will Caro nur aus Mitleid mit zu mir kommen. Um ihrer Familie haarklein berichten zu können, wie schrecklich einsam es bei uns zu Hause zugeht und wie wenig mutterhaft meine Mama sich aufführt. Ich kann mir schon ausmalen, wie sie dann abends am Esstisch die rührselige Geschichte vom armen Schlüsselkind erzählt. Und ihr Vater vor Kummer nicht zu Ende essen kann.

Und als ob das alles nicht schlimm genug wäre, kommt die Musiklehrerin auch noch freudestrahlend mit ihren gelben Zetteln angewackelt. Klavierunterricht zu Hause! Zweimal die Woche! Wenn das meine Mutter erfährt, bin ich endgültig geliefert.

Nach der Schule versuche ich doch noch mal, Caro von ihrer Schnapsidee abzubringen. Das Wetter ist absolut bombastisch – genau richtig, um den Tag im Freien zu verbringen. Auf einem Pferdehof zum Beispiel ... Zwischen grünen, saftigen Wiesen. Heute hätte ich ganz bestimmt kein Problem mehr damit, Black Storm auf die Weide zu führen!

Aber leider ist mit Caro überhaupt nicht zu reden. Sie ist regelrecht fixiert auf den Gedanken, mich zu Hause zu besuchen. Schon die Vorstellung scheint sie zu begeistern. Denn je näher wir dem Ziel entgegenspazieren, desto mehr hellt sich Carolinas Gesicht auf.

Als ich meinen nachgemachten Schlüssel ins Schloss stecke, strahlt sie wie das Ampelmännchen persönlich.

„Hier wohnt wirklich nur ihr beide? Du und deine Mutter?“, fragt sie, als könne sie es überhaupt nicht fassen.

Als Nächstes bleibt sie wie versteinert vor dem japanischen Ölbild stehen, das im Flur neben der Garderobe hängt.

„Das ist ja echt!“, ruft Caro begeistert aus, als gäbe es auch unechte Ölbilder. „K-o-s-m-i-s-c-h-e F-l-u-s-s-l-a-n-d-s-c-h-a-f-t“, entziffert sie den Schriftzug über dem Namen der Künstlerin. Dann seufzt sie tief und versinkt in den seltsamen wurmartigen Gebilden, die sich in den oberen Ecken des Bildes befinden.

Zum Glück kann ich mir verkneifen, ihr zu verraten, dass ich bislang der felsenfesten Überzeugung war, das Bild würde „*Komische* Flusslandschaft“ heißen. Offenbar habe ich mich die letzten fünf Jahre konsequent verlesen! Irgendwie irritiert mich das Ganze. Unter einer komischen Flusslandschaft konnte ich mir nämlich wenigstens noch etwas vorstellen!

„Willst du im Flur stehenbleiben, oder sollen wir uns was zu Mittag kochen?“, frage ich laut und unterbreche Caro in ihrer andächtigen Betrachtung.

„Wir? Kochen?“, schnauft sie, als hätte soeben ihr Gehirn ausgesetzt und müsste sich nun mühselig all die schwer erlernten Wörter wieder zusammensuchen.

„Wer sonst?“, brumme ich achselzuckend und schiebe die Tür zur Küche auf.

Unsere Küche, das muss man dazusagen, hat ein bisschen etwas von einer Küchen-Attrappe. Zumindest wirkt sie so ähnlich wie diese begehbaren Kochnischen, die es im Möbelhaus zu betrachten gibt. Bis auf eine Ausnahme: Die Kräutertöpfchen auf unserem Fenstersims sind nicht aus Plastik, sondern echt. Waren es zumindest, bis sie jämmerlich eingegangen sind.

An Carolinas Gesicht kann ich erkennen, dass ihr die Sache auch ein bisschen seltsam vorkommt. Kosmische Flüsse, komische Küche. Spätestens jetzt fragt sie sich bestimmt, in was für einem merkwürdigen Haushalt sie hier gelandet ist!

„Ist das alles sauber und schön bei euch!“, sagt sie dann aber ganz und gar nicht abgeneigt und lässt sich erst einmal auf einen der Chromhocker fallen. Fasziniert wandert ihr Blick über die Glasfronten, die Mikrowelle und die Spülmaschine. Jetzt fällt mir auch wieder ein, dass die Küche bei Zills tatsächlich etwas abgenutzt wirkt. Man sieht einfach, dass darin viel und häufig gekocht wird. An der Wand gibt es Fettspritzer und Tomatenflecken. Und neben dem Spülbecken stehen ungefähr dreitausend verschiedene Mülleimer, die allesamt überquellen.

Als ich das Kühlfach aufziehe, werden Caros Augen tellergroß.

„Das ist ja wie in der Werbung!“, entfährt es ihr ungläubig, und fast ehrfurchtsvoll zieht sie eine Packung tiefgekühlter Lasagne hervor.

Es stimmt, meine Mutter lässt sich ziemlich stark von Werbung beeinflussen. Pizza, Pasta, Eintöpfe ... Ich glaube, es gibt kein Fertigprodukt, das es nicht schon einmal in unsere Küche geschafft hat.

„Und?“, frage ich möglichst unbeteiligt, um Caro nicht zu deutlich zu zeigen, wie peinlich mir der ganze Tiefkühlfraß ist. „Such dir was aus, damit wir nicht vor dem vollen Kühlschrank verhungern!“

Caro

Als ich einmal ziemlich krank war und fast eine ganze Woche im Bett liegen musste, hat mir Oma ein Buch vorgelesen. *Alice im Wunderland* hieß es und das Mädchen auf dem Titelbild sah aus wie ich!

Genau so fühle ich mich jetzt. Wie Alice sich damals gefühlt haben muss. Als hätte mir jemand den Eingang zu einem Ort gezeigt, an dem ich am liebsten für immer bleiben möchte!

Aber der Reihe nach!

Erst einmal dieses Haus. So klein und so idyllisch! Und alles ist so piekfein und aufgeräumt, dass es einem beinahe schwindelig werden könnte. Man kann sich wirklich gar nicht vorstellen, dass echte Menschen hier leben! Es sieht vielmehr aus wie eine wunderschöne Ferienwohnung. Eine Ferienwohnung, in der man sich nach Lust und Laune zurückziehen kann, um das Leben zu genießen.

Das haben wir heute auch ausführlich getan. Bei Franzi zu Hause wartet kein verklebter Gemüseeintopf und kein zäher Pfannkuchen, sondern echte leichte Küche! Schön sortiert im Kühlfach. Ich kam mir sofort vor wie in der Werbung, in der die

Frauen ihre Stöckelschuhe durch die Wohnung pfeffern und es sich auf einer weißen Couch mit ihrem Reisgericht gemütlich machen. Wenn ich Stöckelschuhe angehabt hätte, hätte ich das auch gemacht, so viel ist sicher!

Wir haben uns also in der Mikrowelle eine Portion Nasigoreng gemacht und uns damit auf das weiße Sofa im Wohnzimmer gesetzt, während im Hintergrund eine Talkshow über Bauchnabelpiercings lief.

Meine Mutter würde eher sterben, als ein Fertiggericht einzukaufen. Der Bogen, den sie im Supermarkt um diese Abteilungen macht, ist so groß, dass sie nach jedem Einkauf völlig aus der Puste ist. Sie wirkt dann so abgehetzt, als wäre sie von einer Fertigpizza quer durch die ganze Obstabteilung gejagt worden!

Und wenn ich es einmal wagen würde, mit meinem voll beladenen Teller unser geheiligtes Wohnzimmer zu betreten, hätte ich vermutlich Hausarrest auf Lebenszeit. Dass man durchaus gleichzeitig essen und fernsehen kann, davon hat meine Mutter bestimmt noch nie gehört.

Doch jetzt zu den Höhepunkten: Franzis Zimmer ist der reinste Traum! An der Decke gibt es einen richtigen Sternenhimmel, sogar mit Milchstraße und allen Tierkreiszeichen darauf! Und dann besitzt sie eine sündhaft teure Stereoanlage und ein CD-Regal, das ungelogen bis zur Decke reicht. Von dem überdimensionalen PC-Platz direkt unter dem Fenster mit den metallicfarbenen Jalousien ganz abgesehen!

Das Allertollste im Haus habe ich bisher aber verschwiegen. Bei Franzi im Wohnzimmer gibt es nicht nur jede Menge Kunstgegenstände, sondern ein richtiges Klavier! Ein prächtiger, schwarzer, glänzender Flügel! Franzi bezeichnet ihn allerdings abschätzig als „Instrument des Schreckens“. Er steht ein paar Schritte vor der Glastür, die in den Garten hinausführt. Mitten im Raum. Und auf dem Flügel steht eine zartrosa Vase mit einer einzigen weißen Rose darin.

Mir wurde für einen Moment richtig feierlich zumute bei dem Anblick! Und es hat auch gar nicht gestört, dass die Rose wohl schon vor Urzeiten in ihrer Vase verwelkt ist und ziemlich eingestaubt wirkte.

„Ich hasse dieses Monstrum von Klavier“, sagt Franzi prompt, als wir am frühen Abend gemeinsam unter dem Sternenhimmel in ihrem Zimmer liegen. Es ist zwar noch taghell draußen, aber wir haben einfach alle Jalousien heruntergezogen und liegen jetzt auf dem Teppich wie zwei Weltraumforscherinnen in geheimer Mission.

„Warum denn das?“, frage ich und überlege mir, ob so ein Sternenhimmel auch in meinem Zimmer toll aussehen würde. Wahrscheinlich gäbe es ein

Problem mit der Holzverkleidung. Und bestimmt würde Papa wieder mit einer seiner superweisen Bemerkungen ankommen, wenn ich ihn darum bitten würde, mir die Milchstraße als Halogen-Beleuchtung ins Zimmer zu montieren.

Franzi seufzt. „Klavierspielen ist die langweiligste Beschäftigung der Welt. Wenn meine Mama nicht ein Pferdetrauma hätte, hätten wir längst einen Araberhengst im Garten stehen!“

Ich finde es fies, wie Franzi über ihre Mutter redet. Schließlich ist Frau Hagenbach ziemlich intelligent. An den Spiegel im Bad hat sie zum Beispiel einen unglaublich klugen Spruch gehängt. „Heute ist der erste Tag vom Rest deines Lebens!“ Zuerst hat sich das ein wenig bedrohlich angehört. Fast wie eine Warnung! Aber dann ist mir ein richtiger Schauer über den Rücken gelaufen, als ich darüber nachgedacht habe. Weil dieser Spruch wirklich wahr ist und einem zeigt, dass man jeden Tag genießen und nutzen soll!

Franzi ist leider weniger empfänglich für Lebensweisheiten. Sie hat sich halb schlappgelacht, als ich sie gefragt habe, ob ich mir den Spruch abschreiben darf.

„Also“, sage ich, um das Klavierthema noch einmal anzusprechen, „*ich* würde alles dafür geben, wenn das mein Klavier wäre! Und vor allem, wenn ich Unterricht von Herrn Fischer bekäme.“

„Wer ist denn Herr Fischer?“, fragt Franzi begriffsstutzig und robbt auf Knien zu ihrem Schreibtisch hinüber, in dem sie jede Menge Süßigkeiten gebunkert hat.

Schon wieder ein Grund, warum meine Mutter einen sofortigen Herzanfall bekommen würde. Außerdem würden garantiert meine Geschwister alles verputzen. Außer Imke natürlich. Die ist ständig auf Diät wegen S und E und X.

„Herr Fischer ist der Klavierlehrer, der nach Hause kommt!", rufe ich Franzi in Erinnerung. Ich kann es gar nicht fassen, dass sie das schon wieder vergessen hat. Seit der fünften Stunde denke ich an nichts anderes mehr als an die gelben Anmeldezettel!

Franzi wirft mir einen Schokoriegel zu. „Ich lasse doch keine fremden Männer ins Haus!", meint sie schnippisch und fängt so an zu lachen, dass sie sich an ihrer Cola verschluckt. Obwohl der Kommentar eigentlich ziemlich dämlich ist, muss ich auch erst mal lachen. Keine Ahnung, warum. Franzis Lachen ist einfach furchtbar ansteckend!

„Stell dir mal vor, der trägt so einen Regenmantel!", prustet Franzi und lacht so sehr, dass ihr beinahe die Cola aus der Nase kommt. „So einen Regenmantel wie die Exhibitionisten!"

Mit Exhibitionisten kenne ich mich aus. Zumindest theoretisch. Gesehen habe ich bei uns im Dorf allerdings leider noch keinen.

Wie kommt Franzi nur auf so einen Schwachsinn? Aber die Vorstellung ist trotzdem irgendwie komisch. Obwohl ich Herrn Fischer ja noch gar nie gesehen habe! Wir gucken uns beide an, und vor Lachen schießen uns die Tränen in die Augen. Wir lachen so laut, dass es wahrscheinlich bis auf die Straße zu hören ist.

„Hallo!“, sagt plötzlich eine Stimme an der Tür, und Franzis Mutter steht im Türrahmen. Als sie mich erblickt, nickt sie mir freundlich zu. „Ich bin Susan. Und du musst Franzis neue Freundin sein!“ Wie sie das sagt, wird mir richtig warm ums Herz.

Dann runzelt Frau Hagenbach die Stirn und deutet auf Franzi. „Und über was kichert ihr beiden so, dass ihr euch beinahe in die Hose macht?“, will sie wissen und durchsucht das Zimmer mit ihrem Blick, als könne sie irgendwo die Ursache unseres Lachkrampfes entdecken.

„Nur über Regenmäntel“, sagt Franzi und liegt schon wieder kichernd auf dem Boden.

„Über Regenmäntel?“, murmelt Franzis Mutter und schüttelt verdutzt den Kopf. „Und da heißt es immer, die Engländer hätten einen komischen Humor!“

Franzi

„Du hast aber eine fröhliche Freundin!", stellt Mama fest, nachdem Caro gegangen ist. „Was habt ihr denn den Nachmittag über gemacht? Ihr habt hoffentlich nicht auf der Couch zu Mittag gegessen!"

Mama kann es nicht ausstehen, wenn ich das mache. Sie findet, Flecken auf weißen Sofas sind ungefähr genauso schlimm wie Haare im Waschbecken. Oder, wie sie es ausdrückt: „Das Allerletzte."

Prompt kommt es auch, als hätte ich es vorhergesehen: „Franzi, du weißt: Flecken auf dem weißen Sofa sind wirklich das Allerletzte!"

Wirklich, es ist nicht leicht, mit jemandem wie meiner Mutter zusammenzuwohnen!

Bevor ich eine Ausrede finde, springt sie vom Küchentisch auf und rennt zu ihrer Handtasche.

„Heute habe ich es endlich geschafft, die Unterlagen zu organisieren!", verkündet sie und drückt mir ein paar Zettel in die Hand.

Unterlagen? Was für Unterlagen bitte?

Voller Entsetzen entziffere ich die blaue Überschrift. *Musikschule* steht da, als wäre es das harmloseste Wort der Welt. Fehlen nur noch die Blumenranken und ein rosarotes Ausrufezeichen dahinter!

Für mich aber ist dieses Wort tabu. Ein Unwort. Im Lexikon aufgelistet zwischen Lepra und Muskelschwund.

„Musikschule?“, krächze ich erschrocken und starre meine Mutter an, als hätte sie mir soeben mein Todesurteil verkündet. So ungefähr fühle ich mich auch. Als hätte sie ihren unsinnigen Spruch vom Spiegel in diesem Augenblick wahr gemacht: Heute ist der erste Tag vom Rest deines Lebens! Hätte sie ja dazuschreiben können, dass es sich um einen grauenvollen Rest handelt!

„Jetzt zieh nicht gleich wieder so eine Grinsmasse!“, bemerkt sie spitz, als sie meinen entgeisterten Gesichtsausdruck sieht.

„Grimasse!“, fauche ich und würde ihr am liebsten ebenfalls ein paar Unterlagen überreichen. Die Anmeldung für einen Deutschkurs zum Beispiel. Einführungskurs A.

„Ich will doch nur, dass du dich selbst verwirklichst!“, kommt jetzt die alte Leier. Fast sieht Mama ein bisschen müde aus. Wie eine Kriegerin, die von dem langen Kampf allmählich geschwächt ist.

Dann aber weicht die Wehleidigkeit aus ihrem Gesicht. „Der Flügel ist da und muss bespielt werden!“, bestimmt sie unerbittlich und fängt an, die Unterlagen der Musikschule auszufüllen. „Unterricht ist immer Freitagnachmittag von drei bis halb fünf. Wie wir das mit dem Hinfahren und Abholen machen, müssen wir uns noch überlegen!“

Panisch beobachte ich, wie sie mit gestochener Schrift die leeren Spalten füllt. Mein Vorname. Mein Nachname. Geburtsdatum und Adresse. Wenn du einmal bei einer Musikschule registriert bist, kommst du nie wieder raus. Ich spreche aus Erfahrung.

„Warum nimmst *du* eigentlich keinen Unterricht?“, versuche ich es jetzt mit einem Seitenangriff. Nur nicht klein beigeben. Noch ist sie nicht bei der Spalte mit der Kontonummer angelangt!

Fuchsteufelswild legt Mama den Stift zur Seite und durchbohrt mich mit ihrem Blick wie ein Laserstrahl. „Das weißt du ganz genau!“, zischt sie, und ihre Stimme nähert sich schon wieder dem Sirenenton. „Weil ein Untier mich vor Jahren zum Krüppel gemacht hat!“ Mamas Finger wandern gefährlich langsam zu ihrem Haargummi.

Das böse Wort mit P hat Mama seit ihrem Unfall durch „Untier“ ersetzt. Und dass der Begriff „Krüppel“ von niemandem mehr verwendet wird außer von ihr, ist ihr auch egal.

Dabei ist die Sache viel weniger schlimm, als sie tut. Sie ist nicht gelähmt oder so. Der Arm ist nur ein bisschen steif. Ich wette, sie könnte durchaus einige Stücke auf dem Klavier spielen. Im Augenblick schweige ich allerdings lieber und lasse es über mich ergehen, dass sie mit giftigem Blick ihre Frisur explodieren lässt.

Und dann muss ich wie gelähmt zusehen, wie sie

ihre Unterschrift unter den Anmeldebogen setzt. Das g von Hagenbach verschnörkelt sie so sehr, dass es aussieht wie eine Kletterpflanze, die aus Versehen an dem Buchstaben festgewachsen ist. Mein Schicksal ist endgültig besiegelt.

Gerade in dem Moment fällt es mir ein. Wie blöd, dass ich nicht eher darauf gekommen bin!

„Herr Fischer!", sage ich und krame in meiner Hosentasche hektisch nach dem gelben Zettel, der mir heute Mittag solche Magenschmerzen bereitet hat. Ich finde ihn und schnippe das steinharte Dreieck zu Mama hinüber. Die sieht mich fragend an und faltet mit spitzen Fingern das Papierstück auseinander.

„Privatunterricht zu Hause!", entfährt es ihr dann, und voller Befriedigung sehe ich, wie sie den Anmeldebogen der Musikschule achtlos beiseite schiebt.

„Zu dem Preis! Und ohne die Fahrerei!" Der Bogen der Musikschule nähert sich der Tischkante. „Zweimal die Woche! Am eigenen Klavier!" Lautlos segelt der Anmeldebogen zu Boden, wo er erst mal liegen bleibt.

„Das ist ja keine Frage!", jubiliert Mama, als sie das zerknitterte Papierstück zu Ende gelesen hat. „So ein Zufall, das muss doch ein gutes Omen sein!"

Mit der Fußspitze angle ich nach dem Bogen der Musikschule und ziehe ihn vorsichtig zu mir.

Mamas Gedanken aber sind längst kilometerweit weg von der Musikschule hin zu Herrn Fischer geflogen. Herrn Fischer, von dem wir nichts wissen, außer dass er Regenmäntel und nichts darunter trägt. Quatsch. Das stimmt ja gar nicht, sondern war nur so eine blöde Idee von mir.

Seufzend läuft Mama rüber ins Wohnzimmer und blickt verträumt den Flügel an. Offenbar malt sie sich bereits in leuchtenden Farben aus, wie ich schon bald mit Herrn Fischer gemeinsam vierhändige Meisterkonzerte gebe!

Na ja. In dem Glauben kann sie gerne bleiben.

Denn ich hatte soeben die genialste Idee meines Lebens!

Caro

Erst bekomme ich den Schreck meines Lebens. Immerhin habe ich schon geschlafen, und ganz geheuer kommt mir die Sache natürlich auch nicht vor. Als ich dann Franzi unter meinem Fenster erblicke, bin ich erleichtert, aber auch ein bisschen genervt. Sie steht da wie bestellt und wirft in aller Seelenruhe Kieselsteine gegen die Scheibe. Wenn meine Eltern das mitkriegen, denken sie, wir sind völlig übergeschnappt. Immerhin ist es schon nach zehn – Franzi hat Glück, dass die Hunde im Zwinger sind!

„Was willst du?“, brülle ich leise hinunter und komme mir reichlich blöd dabei vor. Ich meine, habt ihr mal versucht, leise zu brüllen?

„Klavier!“, verstehe ich als einzigen Wortfetzen und ziehe die Stirn in Falten. Dann schlüpfe ich seufzend in meine Hausschuhe und schleiche auf den Flur hinaus.

Im Haus ist es gespenstisch still – bis auf die leisen Musikfetzen aus Imkes Zimmer. Wahrscheinlich liegt sie unter ihrer Bettdecke und kritzelt blödsinniges Zeug in ihr Tagebuch. Um ihr Tagebuch macht sie immer ein unheimliches Theater.

Als würde sie sonst was erleben. Aber außer ein paar albernen Gedichten ist gar nichts eingetragen.

Auf der Treppe gebe ich höllisch acht, keinen Krach zu machen. Stufe für Stufe taste ich mich hinunter, und die Pferde starren mich hämisch von den Fotos aus an.

Als ich die Haustür erreicht habe, atme ich erst einmal auf. Aber sofort bekomme ich wieder einen Schreck. Als ich nämlich nach dem Schlüssel auf dem Fenstersims greifen will, taste ich ins Leere. Komisch! Der Schlüssel ist nicht an seinem Platz, und die Tür auch nicht von innen abgeschlossen. Verwirrt drücke ich die Klinke hinunter und bin auch schon auf dem Vorhof.

Franzi steht drüben bei Black Storms Paddock und linst in die Dunkelheit hinein. Als ich auf sie zugehe, sehe ich, wie sie rasch ein paar Karotten in ihrer Anoraktasche verschwinden lässt. Oje. Sie scheint es echt auf Black Storm abgesehen zu haben. Dem Mädchen ist wirklich nicht zu helfen!

„Wir müssen ungestört sein!“, raunt Franzi mir zur Begrüßung zu und zieht mich zur Holzbank neben der Einfahrt.

Irgendwie wundert es mich, dass Franzis Mutter ihr erlaubt, so spät noch zu mir zu kommen. Wo morgen doch ein ganz normaler Schultag ist!

„Meine Mom schläft doch schon längst!“, flüstert Franzi grinsend, als ich sie danach frage.

„Denkst du, ich habe mich bei ihr abgemeldet? Wenn sie wüsste, dass ich mitten in der Nacht das Haus verlasse, würde sie mich eigenhändig am Gartenzaun aufspießen!"

Franzi ist wirklich eine Nummer. Das würde ich mich nie trauen. Nachts durch das gesamte Dorf zu huschen. Schon wegen all der Exhibitionisten nicht.

„Willst du Klavierunterricht, Caro?", fragt Franzi und ihre Stimme bekommt einen feierlichen Unterton.

„Klavierunterricht?" Für einen Moment denke ich, sie will mich auf den Arm nehmen. So eine Frage, mitten in der Nacht!

„Du weißt doch, dass wir kein Klavier im Haus haben!", antworte ich ein bisschen mürrisch und werfe einen sehnsüchtigen Blick hoch zu meinem Zimmer, wo mein warmes Bett wartet.

„Darum geht es doch gar nicht!", sagt Franzi ungeduldig und stupst mich unsanft gegen die Schulter, als ich mich gähnend zurücklehnen will.

„Es geht darum, dass du meinen Unterricht haben kannst!"

„Deinen Unterricht?" Ich verstehe nur Bahnhof.

„Meinen Unterricht!", wiederholt Franzi mit Nachdruck, und immer noch bin ich nicht schlauer. Langsam wird es Zeit, dass ich mir die Geschichte doch genauer anhöre.

„Also", fängt sie an. „Du möchtest Klavierunterricht.“ Ich nicke langsam. „Und ich möchte gerne auf einem Pferdehof mitarbeiten. Die Ställe ausmisten. Mich um die Ponys kümmern. Ein bisschen reiten ...“ So ganz kapiere ich immer noch nicht, was Franzi ausgeheckt hat.

„Meine Mutter hat mich heute Abend bei Herrn Fischer angemeldet“, fährt sie unbeirrt fort. Plötzlich klingt sie vollkommen ernst. Als hätten wir uns heute Nachmittag nicht wegen Herrn Fischer und seinem Regenmantel schlappgelacht.

„Ab sofort habe ich jeden Montag und Donnerstag zu Hause Klavierunterricht.“ Ich merke, wie mir der Neid die Beine hochkrabbelt. Jetzt fasst Franzi nach meiner Hand und drückt sie ganz fest. „Wie wäre es, wenn wir am Montag und Donnerstag immer tauschen?“

„Tauschen?“, frage ich begriffsstutzig und schaue für einen Moment abgelenkt zum Haus hinüber, wo in Imkes Zimmer das Licht angegangen ist. Wenn das mein Papa ist, der gleich auch bei mir reinschaut, werde ich morgen garantiert von der Schule genommen, um den Rest meiner Tage die Tränken in den Pferdeställen zu reinigen.

Das Licht in Imkes Zimmer geht wieder aus. Wahrscheinlich hat sie nur die CD gewechselt. Oder war auf dem Klo.

„Verstehst du nicht?“, fragt Franzi ungeduldig und schüttelt den Kopf. „Wie wäre es, wenn du jeden Donnerstag und Montag nach der Schule zu mir nach Hause gehst? Ich gebe dir den Schlüssel, du verbringst den Nachmittag dort, nimmst die Stunde Klavierunterricht und wenn ich heimkomme, gehst du wieder!“

„Aha.“ Irgendwie kann ich mir die Geschichte noch nicht so recht vorstellen. „Und du?“, frage ich deshalb vorsichtig. „Wo bist du die ganze Zeit über?“

Jetzt verdreht Franzi doch glatt die Augen.

„Ich gehe nach der Schule natürlich zu euch nach Hause. Wir erzählen deinen Eltern, dass du noch freiwilligen Musikunterricht in der Schule hast. Und dass ich für dich das Ausmisten und die Ponys übernehme. Und du nimmst in der Zwischenzeit meine Klavierstunden!“

So, wie sie das sagt, hört sich alles supereinfach an. Als gäbe es überhaupt kein Problem.

„Aber warum sollte deine Mutter meinen Klavierunterricht bezahlen?“, frage ich, als mir endlich einfällt, wo der Haken an der Geschichte ist.

Franzi kichert. „Aber das ist doch genau der Plan! Meine Mutter wird gar nicht merken, dass ich gar nicht zu Hause bin. Denn Herr Fischer kennt uns beide doch nicht! Du stellst dich am ersten Unterrichtstag einfach als Franzi vor! Er wird denken, du bist ich!“

Das klingt schlüssig. Das klingt spannend. Phänomenal spannend, wenn ich es mir recht überlege! Im Geiste sehe ich schon, wie ich an dem schwarzen Flügel sitze und in die Tasten haue. Wie ich stundenlang unter Franzis Sternenhimmel liege und einfach nur nachdenke. Wie ich mir Bananenmilch mache, ein Tiefkühlgericht in die Mikrowelle schiebe ...

„Und was ist, wenn deine Mutter es herausbekommt?“ Ich zwinge mich, realistisch zu bleiben. „Warum sagen wir unseren Eltern nicht einfach die Wahrheit? Dass du auf dem Hof bist und ich in eurem Haus Unterricht habe? Vielleicht zahlen meine Eltern die Stunden ja. Dann müssen wir nicht lügen.“

Auf einmal komme ich mir vor wie ein ängstliches kleines Kind. Lügen! Geheimnisse! Ich bräuchte ein Tagebuch viel dringender als Muh-Muh-Imke!

Franzi schüttelt den Kopf. „Meine Mutter flippt aus, wenn sie das Wort Pferd auch nur hört. Sie darf das auf keinen Fall mitbekommen. Außerdem möchte sie unbedingt, dass ich Klavier spiele. Das ist so ein Tick von ihr.“

„Hm.“ Ich bin mir immer noch nicht sicher, ob das eine wirklich gute Idee ist.

„Schon diesen Donnerstag?“, frage ich dann aber doch, obwohl ich ein etwas mulmiges Gefühl habe.

„Klar!“ Franzi grinst. „Am Donnerstag kommt Herr Fischer doch das erste Mal! Du musst nur mit deinen Eltern klären, dass ich dich an dem Tag ersetze und bei euch mithelfe." Es klingt so einfach, dass es mir beinahe vorkommt wie ein Spiel.

Auf einmal höre ich ein seltsames Geräusch am Torbogen vor der Einfahrt. Es hört sich an wie ein Niesen oder ein unterdrücktes Husten.

Erschrocken drehe ich mich um.

„Ein Igel!", sagt Franzi achselzuckend. „Die haben wir auch im Garten. Nachts sind sie immer besonders laut!"

Franzi

Als Caro im Haus verschwindet, merke ich, wie aufgeregt ich bin. Am liebsten würde ich schon morgen damit beginnen und nicht bis Donnerstag warten! Aber das geht natürlich nicht. Die erste Klavierstunde steht eben erst übermorgen an.

Gedankenverloren schlendere ich zurück zur Einfahrt. Die Nacht ist sternenklar und irgendwo in der Ferne höre ich einen Hund jaulen.

Plötzlich packt mich etwas von links und zerrt mich hinter den Torbogen. Ehe ich losschreien kann, wird mir eine Hand auf den Mund gepresst. Erschrocken kneife ich die Augen zusammen.

Als sich der Griff der Hand lockert, nutze ich die Gelegenheit und beiße so fest hinein, dass mein Kidnapper vor Schmerz aufschreit.

„Spinnst du?"

Verwundert reiße ich die Augen auf. Hajo steht vor mir und schüttelt seine Hand.

„Wenn hier jemand spinnt, dann bist es ja wohl du!", gebe ich patzig zurück und ärgere mich, dass sich mein Herzschlag augenblicklich verdoppelt, als ich erkenne, wer mich hinter den Torbogen gezerrt hat.

„Mein Vater war bei einem Polterabend im Dorf und kann jede Sekunde die Auffahrt hochkommen“, erklärt Hajo. „Wenn du ihm um diese Uhrzeit in die Arme läufst, bekommt Caro ziemlichen Ärger!“ Für eine Sekunde habe ich ein schlechtes Gewissen. Auf keinen Fall möchte ich, dass Caro wegen mir Probleme bekommt!

„Und was ist mit dir?“, frage ich dann frech und schaue ihm direkt in die dunklen Augen. Hajo sieht nachts noch besser aus als bei Tageslicht.

„Was soll mit mir sein?“, fragt er zurück und drängt mich noch ein Stück weiter in die Dunkelheit, als Schritte auf dem Kiesweg zu hören sind. Schweigend stehen wir nebeneinander und warten, bis Herr Zill die Auffahrt entlanggetrottet ist und schließlich im Haus verschwindet.

„Was machst du denn mitten in der Nacht hier draußen?“, fahre ich da fort, wo ich eben aufgehört habe. Hajo zuckt wie ertappt zusammen.

„Nur ein bisschen frische Luft schnappen!“, meint er ausweichend und starrt verlegen nach oben in Richtung Mond.

Dann wendet er sich wieder mir zu. „Aber du darfst Caro auf keinen Fall erzählen, dass du mich getroffen hast!“

Jetzt werde ich langsam ungeduldig. „Was soll sie denn dagegen haben, wenn ihr Bruder nachts ein bisschen Luft schnappen geht?“

Hajo verdreht die Augen.

„Ich habe mitbekommen, worüber ihr euch unterhalten habt." Verlegen zupft er ein paar Blätter von dem Busch, neben dem wir stehen. „Es ging nicht anders, weil ich nicht wollte, dass Caro mich sieht."

Mein Herz schlägt wie verrückt. Langsam fange ich an zu begreifen. Wahrscheinlich hat Hajo mich auf dem Hof entdeckt und wollte mich unbedingt abfangen. Warum sollte er sich sonst mitten in der Nacht hier herumtreiben? Sicher wollte er mit mir unter vier Augen sprechen. Ohne seine Schwester. Ohne Lauscher. Nur wir beide. Er und ich. Allein. Nachts. Unter einem Vollmond und echten Sternen!

Ich seufze.

„Was seufzt du denn?" Hajo starrt mich verunsichert an.

„Ach, nichts", antworte ich und versuche, mein Verliebtheitslächeln aufzusetzen. Dieses Lächeln kommt immer dann zum Einsatz, wenn ich jemandem signalisieren will, dass ich an ihm interessiert bin und eine Liebeserklärung erwarte.

Bisher habe ich es nur bei meinem letzten Religionslehrer versucht. Leider hat es kein bisschen funktioniert.

„Also", fährt Hajo fort, „deine Idee finde ich super. Caro wirkt in letzter Zeit wirklich ziemlich traurig. Und sie wollte immer schon ein Instrument spielen."

Meine Gesichtsmuskeln fangen unter dem Verliebtheitslächeln an zu schmerzen. Jetzt bloß nicht damit aufhören! Irgendwann muss es doch wirken!

Hajo sieht mich verunsichert an. „Und wenn du dann ihre Aufgaben erledigst, haben meine Eltern sicher kein Problem damit."

Hoffentlich bekomme ich keinen Gesichtskrampf und muss in die Notaufnahme gebracht werden!

„Ich werde euren Plan auf jeden Fall unterstützen! Aber sag Caro nicht, dass ich Bescheid weiß!"

Meine Mundwinkel fangen an zu zittern. Lange halte ich das nicht mehr durch.

„Was grinst du mich eigentlich die ganze Zeit über so an?" Hajo schüttelt genervt den Kopf. „Aus euch Mädchen wird man einfach nicht schlau!"

Nachdem Hajo sich verabschiedet hat, schleiche ich mich doch noch mal zu Black Storms Auslauf. Und tatsächlich: Als ich diesmal meine Hand mit den Karotten in die Dunkelheit strecke, kommt er sofort angetrottet. Dankbar fährt seine Zunge über meine Handfläche, dann streckt er den Kopf weit über das Gatter, um nachzusehen, ob ich noch mehr Leckereien in meinen Taschen habe. Seine weiße Blesse leuchtet wunderschön im Mondlicht und rasch drücke ich einen dicken Kuss darauf. Hoffentlich beobachtet Hajo mich durch sein Zimmerfenster und wird grün vor Eifersucht!

Caro

So starkes Herzklopfen hatte ich bestimmt noch nie in meinem Leben. Donnerstag, Donnerstag, Donnerstag, hämmert es in meinem Kopf.

Unruhig streife ich durch das Haus von Franzi und ihrer Mutter. Für ein Mittagessen bin ich viel zu aufgeregt, die Pizzaschnitten im Kühlfach habe ich nicht mal angerührt!

Zum sicherlich zehnten Mal setze ich mich an den Flügel und schlage ehrfürchtig immer wieder das C an. So viel habe ich mir aus dem Musikunterricht gemerkt, dass ich zumindest weiß, wo die Tonleiter beginnt.

Auf dem Klavier liegt ein weißer Umschlag mit dem Geldschein, den Franzis Mutter für Herrn Fischer vorbereitet hat.

Auf einmal regt sich das schlechte Gewissen in mir. Und wie immer, wenn ich ein wirklich schlechtes Gewissen habe, bekomme ich ziemlichen Schluckauf.

Wenn Frau Hagenbach wüsste, dass ihr Geld dazu dient, *meinen* Unterricht zu bezahlen! Ich hickse dreimal laut, wische den Gedanken dann aber wieder beiseite und denke nicht mehr daran.

Langsam stehe ich vom Klavierhocker auf, setze mich auf die weiße Couch und schalte den Fernseher ein. Talkshows. Eine Gerichtssendung. Lustlos schalte ich den Fernseher wieder aus und stelle mich ans Fenster.

Dann kommt endlich jemand. Ein Mann mit dunkelbraunen Haaren, die fast bis über die Schulter reichen. Obwohl er schon mindestens so alt ist wie mein Vater, hat er sich an der Seite einen kleinen Zopf geflochten, in den bunte Bänder eingewebt sind. Wenn meine Mama den sehen würde, wäre sie bestimmt nicht begeistert. Sie findet, Männer sollen sich die Haare kurz schneiden, weil sie sonst aussehen wie die Lebenskünstler, über die Papa immer so lacht.

Herr Fischer schaut in Richtung Haus und eilig ducke ich mich unter die Fensterbank. Dann höre ich Schritte. Die Klingel.

Beinahe setzt mein Herz aus. Ich kann mich vor Aufregung keinen Zentimeter mehr bewegen! Wieder klingelt es.

Ich reiße mich zusammen und laufe zur Haustür.

Herr Fischer, ohne Regenmantel und ganz und gar anders, als ich ihn mir vorgestellt habe, steht vor mir. Obwohl er mich freundlich anlächelt, bringe ich zuerst nicht einen einzigen Ton heraus. Dann öffne ich meinen Mund, und ein lautes *Hicks!* ertönt. Am liebsten würde ich die Türe sofort wieder zuschlagen und mich unter dem Tisch verkriechen!

„Du musst Franziska sein!“, sagt Herr Fischer schließlich und tritt einfach in den Flur hinein. Schüchtern nicke ich und hänge seine Strickweste an den Garderobenbügel.

„Wow!“, sagt Herr Fischer bewundernd und vertieft sich auf der Stelle in das japanische Bild, das auch ich bei meinem ersten Besuch so toll fand.

„Es heißt *Kosmische Flusslandschaft*!“, erkläre ich und bin froh, dass ich endlich einen vollständigen Satz herausbringe. „Das hat eine Japanerin gemalt. Meine Mutter arbeitet nämlich in einer Galerie und mit lauter interessanten Künstlern zusammen!“

Herr Fischer setzt ein breites Grinsen auf. „Du scheinst deine Mama ja ganz schön zu bewundern!“

Endlich kommt er zum Grund seines Besuchs.

„Und?“, fragt er. „Wo ist denn das gute Stück?“

Mit schwitzenden Händen begleite ich ihn ins Wohnzimmer und ohne Aufforderung setzt er sich auf die Bank.

„Mensch!“, ruft Herr Fischer begeistert aus. „Das nenne ich aber mal ein Prachtexemplar!“ Sofort beginnt er, in die Tasten zu hämmern. Ein regelrechtes Privatkonzert. Beeindruckt bleibe ich hinter ihm stehen.

Als er aufgehört hat, dreht sich Herr Fischer zu mir um.

„Deine Mutter hat mir am Telefon schon erzählt,

dass du sehr gut spielst. Habt ihr euch schon mit Bach auseinandergesetzt?“

Vor Schreck fällt mir die Kinnlade runter. So ein Mist! Das fängt ja gut an!

„Meine Mutter übertreibt mal wieder ziemlich!“, versuche ich mich aus der misslichen Lage zu befreien.

Herr Fischer rückt lachend auf der Klavierbank zur Seite und lässt mich neben sich Platz nehmen.

„Nur keine falsche Bescheidenheit!“, sagt er. „Es ist vollkommen unsinnig, sich für seine Talente zu entschuldigen!“

Er nimmt ein Notenheft aus seinem Baumwollbeutel und schlägt es in der Mitte auf.

„Meinst du, du bekommst das hin?“, fragt er, und sein Blick bleibt auf meinen Fingernägeln kleben, die vor Dreck nur so strotzen. Die schwarzen Ränder sind einfach nicht zu übersehen. Wenn ihm jetzt auch noch klar wird, dass ich nicht mal ein Anfängerstück spielen kann, merkt er bestimmt, dass hier etwas faul ist.

Ich starre auf das Notenchaos auf dem Blatt vor mir und auf einmal wird mir schlecht. So richtig speiübel, dass ich am liebsten sofort aufs Klo rennen möchte. Das mache ich dann auch prompt.

„Moment!“, bringe ich gerade noch heraus, bevor ich auch schon ins Badezimmer sprinte. Hastig drehe ich den Wasserhahn auf und spritze mir eiskaltes Wasser ins Gesicht. Viel besser! Auf einen

Schlag ist die Übelkeit wie weggeblasen. Mit viel Seife schrubbe ich meine Finger, und der schlimmste Dreck verschwindet im Abflussrohr.

„Gelassenheit ist das Ziel!“ steht auf dem Zettel am Spiegel. Das passt ziemlich gut auf meine Situation. Also atme ich tief durch und gehe zurück ins Wohnzimmer.

„Wissen Sie“, erkläre ich dem verdutzten Herrn Fischer, „meine Mama hat da so einen Tick, weil sie selbst einmal ganz toll gespielt hat. Aber dann ist das mit dem Pferd passiert. Und ihr Arm ist auch kaputt. Verstehen Sie?“

Herr Fischer schüttelt verwirrt den Kopf.

„Es ist also so“, versuche ich es mit der traurigen Wahrheit, „dass wir ganz von vorne beginnen müssen.“

Herr Fischer kratzt sich am Kinn, scheint sich dann aber gar nicht weiter zu wundern. „Oh. Das hört sich ja alles mächtig kompliziert an!“, sagt er nur und klappt das Notenheft wieder zu. Aus seiner Tasche angelt er ein Blatt mit einer Tonleiter.

Kompliziert ist das alles wirklich. Aber noch viel komplizierter, als Herr Fischer je denken würde!

Franzi

„He, Kleine!“, ruft eine helle Stimme über den Hof, als ich nach der Schule mit Jonas an der Hand durch den Torbogen geschlendert komme. „Springst du heute für Caro ein?“ Es klingt ein bisschen vorwurfsvoll. Sicherlich nimmt sie es mir übel, dass ich so langsam gelaufen bin. Aber schließlich wollte ich Klein Jonas Zeit geben, sich alles genau anzuschauen!

Prompt kommt jetzt auch Imke aus der Haustür gerannt und nimmt mir Jonas ab. „Ich bringe ihn rasch hoch zu Mama. In fünf Minuten kommt das Heu. Wir haben uns total in der Zeit verschätzt. Du kannst ja später was essen. Ich kümmere mich um das Ausmisten!“

Das Mädchen, das mich eben so unfreundlich empfangen hat, kommt jetzt mit langen Schritten auf mich zu und drückt mir eine Heugabel in die Hand.

Mir fällt ein, dass ich sie von meinem letzten Besuch her kenne. Sie ist eine Gymnasiastin aus dem Dorf, die regelmäßig hier auf dem Hof mit anpackt. Marion.

Marion hat beeindruckend blondes Haar und ist

sicherlich einen ganzen Kopf größer als ich. Und natürlich älter. Mindestens 17. Das „Kleine“ kann man ihr also gar nicht wirklich übel nehmen!

„Kennst du dich eigentlich mit Pferden aus?“, fragt sie argwöhnisch und verscheucht mit der Hand eine Bremse, die sich auf ihrem T-Shirt niederlassen will. Quer über ihrer Brust steht das Wort *Power*.

„Klar“, antworte ich spitz. „Ich habe schon jahrelang auf Pferdehöfen mitgeholfen!“ Sie scheint es zu schlucken. Erleichtert trete ich zur Seite, um den Traktor vorbeizulassen, der soeben tuckernd die Einfahrt hochgerollt kommt. Auf keinen Fall soll Marion denken, dass ich ein kleines Schulmädchen bin, das von nichts eine Ahnung hat und gleich umkippt, wenn es mal mit anpacken soll!

Wir laufen schweigend neben dem Fahrzeug her zum Heuschober und warten, bis der Bauer die zusammengepressten Ballen auf den Boden wirft. Ich beobachte Marion aus den Augenwinkeln. Sie rammt ihre Gabel in den ersten Heuballen und nickt mir aufmunternd zu. „Worauf wartest du? Von selber rollen die sich bestimmt nicht in den Schober!“ Schon wieder dieser abfällige Ton!

Aber ich folge, ohne mich zu beschweren, ihrem Befehl. Gemeinsam hieven wir die schweren Dinger vom Boden. Das ist eine ziemlich schweißtreibende Arbeit und die Luft flirrt nur so von Staub. Die Ballen sind höllisch schwer und nur mit gemeinsamer Anstrengung schaffen wir es, sie so aufeinanderzuschichten, dass der Platz in der Scheune für die komplette Ladung ausreicht. Schon nach dem dritten Ballen geht mir die Puste aus. Unter den Achseln meines Polo-Shirts entstehen verdächtige Flecken. Der Umzug war dagegen die reinste Erholung! Diese Ballen wiegen mindestens so viel wie fünf Umzugskartons auf einmal!

„Hast du keine Arbeitsklamotten dabei?“, fragt Marion mich mit einer Spur Mitleid, als wir endlich wieder im Freien stehen. Sie mustert mich von oben bis unten. Tatsächlich sehe ich ziemlich zerzaust aus. Die weiße Levis-Jeans steht vor Schmutz und das hellgrüne Polo-Shirt klebt an mir wie ein nasses Handtuch. Eine blödere Klamottenauswahl hätte ich wirklich nicht treffen können! Und die praktische Cordhose, die Caro mir extra geschenkt hat, habe ich auch vergessen!

Marions Blick bleibt an meinen Turnschuhen hängen. Die waren richtig teuer und ich musste Mom ziemlich lange bearbeiten, bis sie sie mir gekauft hat. Schon jetzt pappt eine dicke Schicht Dreck daran, dabei habe ich den Stall noch gar nicht betreten. Im Geiste sehe ich Moms Haar explodieren.

Trotzdem zucke ich gleichgültig mit den Schultern. „Hatte keine Zeit, mich umzuziehen!“, meine ich gelassen und zupfe mir das Stroh aus den Haaren.

„Wollen wir gleich weitermachen und die Ställe neu auslegen?“ Marion steht mit in die Hüften gestützten Armen neben mir und starrt dem Bauern nach, der mit seinem leer geräumten Anhänger wieder davontuckert. Offenbar steckt sie die Anstrengung viel besser weg als ich. Sie wirkt noch genauso frisch wie vor einer Stunde, als wir hier angefangen haben. Kein Wunder, dass Carolina sie als Sklaventreiberin bezeichnet hat, als sie sie mir bei meinem ersten Ausflug hierher gezeigt hat.

Die Sklaventreiberin schüttelt ihr blondes Haar und lotst mich vom Schober zurück zu den Ställen. Es scheint, als hätte sie hier wirklich alles im Griff. Als wäre das ihr Reich und alle Pferde und die anderen Mitarbeiter nur Statisten, die einzig dazu angestellt wurden, ihr eine Bühne zu bieten. Mit ihrer Mistgabel in der Hand. Und den flinken Augen, die alles im Blick zu haben scheinen. Die reinste Hof-Königin!

Irgendwann werde ich vielleicht auch so werden wie sie. Und selbstsicher irgendwelche neidischen Neuen durch die Anlage führen. Aber dass ich es bis dahin lerne, meine Haare so sportlich zu schütteln wie sie, bezweifle ich. Und blondieren, das ist bei mir zu Hause ja sowieso tabu.

„Los, komm! Imke ist schon fertig“, treibt Marion mich an und klopft Imke dankbar auf die Schulter, die soeben die letzte Fuhre Mist aus dem Pferdestall karrt.

Ich ächze leise in mich hinein und werfe einen Blick auf meine Uhr. Noch nicht einmal eineinhalb Stunden vergangen, und mir tun alle Knochen weh. Mit Caro zusammen hat die Arbeit viel mehr Spaß gemacht. Mit ihr ist die Zeit vergangen wie im Flug, und obwohl sie so schlecht gelaunt war, hatten wir doch immer wieder etwas zu lachen. Wie es ihr wohl gerade mit Herrn Fischer am Klavier ergeht? Beim Gedanken an das Klavier laufe ich sofort wieder zu Hochtouren auf. Das Ziepen in den Muskeln verschwindet augenblicklich und ich merke, wie die Kraft wieder in meine Arme zurückkehrt. Lieber den ganzen Tag Stalldienst als auch nur eine Sekunde an diesem blödsinnigen Flügel verplempern!

Nachdem Marion und ich mehrere Schubkarren Stroh in den Boxen verteilt haben, hoffe ich, jetzt vielleicht mein Mittagessen nachholen zu können. Doch daraus wird nichts.

„Wir sind gut in der Zeit!“, sagt Marion zufrieden. „Kannst mir gleich noch beim Pferdeputzen helfen!“

Kaum hat sie es ausgesprochen, hören wir draußen auch schon ungeduldiges Gewieher. Offensichtlich hat Imke in der Zwischenzeit ein paar Pferde von der Weide geholt! Eilig hängen wir die Mistgabeln an die Wand und gehen auf den Hof hinaus. Dort bleibe ich erst mal mit offenem Mund stehen. Neben Imke und den drei Pferden steht, über beide Ohren grinsend, Hajo.

„Was machst du denn hier?“, fragen Marion und ich wie aus einem Mund. Hajo errötet und Imke lässt laut eine Kaugummiblase platzen.

„Macht blau, mein Bruder“, sagt sie dann und schmiegt ihren Kopf an den Hals des Pferdes, das neben ihr steht. „Angeblich, weil der Unterricht zu langweilig ist.“ Sie lässt noch eine Kaugummiblase platzen und das Ding bleibt ihr im Gesicht kleben. Mit spitzen Fingern zieht sie den Kaugummi in langen Fäden aus ihrem Gesicht, wobei ihr Lipgloss total verschmiert. Es sieht aus, als hätte sie ein kleines kirschrotes Bärtchen. Mister Imke himself! Das muss ich heute Abend unbedingt Caro erzählen!

Hajo gibt einen verächtlichen Laut von sich und Marion geht lachend an ihm vorbei zu dem gescheckten Pferd hinüber, das ungeduldig mit den Hufen scharrt. Als sie auf Hajos Höhe ist, kickt sie ihm mit dem Fuß freundschaftlich gegen das Schienbein. Eher so im Spaß. Wusste gar nicht, dass die Sklaventreiberin Humor hat!

Hajo zieht entschuldigend die Schultern nach oben.

„Ich dachte mir, ich unterstütze euch ein bisschen!“, nölt er und macht auf beleidigt. „Aber wenn das hier keiner zu würdigen weiß, kann ich auch gleich wieder zurück in die Penne gehen!“

Aber davon kann natürlich keine Rede sein. Kurz darauf stehen Imke, Hajo und Marion andächtig nebeneinander und striegeln die drei Pferde, die gemütlich in der Sonne stehen und die Prozedur gerne über sich ergehen lassen.

Nur ich lehne ein wenig verloren am Stall und weiß nicht so recht, wie ich helfen kann. Ich schiele zu Black Storms Auslauf hinüber, aber der ist auf der Weide. Etwas unschlüssig verlasse ich meinen Beobachtungsposten und gehe zu dem gescheckten Pferd hinüber. Hinter ihm bleibe ich stehen und klatsche ihm kräftig auf die linke Hinterbacke.

„Spinnst du?“ Marions gute Laune ist mit einem Schlag wie weggeblasen. Sie klingt richtig böse. Offenbar habe ich einen Fehler gemacht, und die Röte schießt mir ins Gesicht. Darf man Pferden nicht auf den Hintern klopfen?

Wütend deutet Marion mit der Bürste auf mich. „Wohl zu übermütig, Kleine? Was fällt dir ein, dich so heimlich von hinten an ein Pferd anzuschleichen und es zu Tode zu erschrecken!“

Hajo kichert. „Noch nie von einem Pferd getreten worden?“ Offenbar findet er den Vorfall gar nicht so wild. Ist ja auch nichts passiert. Trotzdem fühle ich mich auf einmal unwohl in meiner Haut.

Hajo wirft mir einen versöhnlichen Blick zu. „Komm her und hilf mir ein bisschen!“, fordert er mich auf und winkt mich zu sich. Das lasse ich mir natürlich nicht zweimal sagen. Er drückt mir die

Bürste und das seltsame andere Ding in die Hand und ich lasse sie vorsichtig über das Fell des Pferdes gleiten. Ich mache es genau so, wie ich es bei Imke und Marion beobachtet habe. Kein Mensch merkt, dass ich so etwas noch nie getan habe! Die Haarbüschel, die sich lösen, landen sanft auf dem Hof und werden vom Wind davongetragen. Hajo steht dicht neben mir. Mein Herz schlägt wie verrückt.

„Melody ist ziemlich scheu", sagt er und streichelt dem Pferd sanft über die Nüstern. „Aber wenn man sich gut um sie kümmert, fasst sie ziemlich schnell Zutrauen. Wenn du willst, kannst du sie gleich mal reiten! Für einen kleinen Ausritt ist noch Zeit, bevor die Reitschüler kommen."

Ich seufze. Ein Pferd vor mir. Hajo neben mir. Das muss das Paradies sein! Am liebsten möchte ich die Zeit anhalten. Und den Sternenhimmel aus meinem Zimmer hierher zaubern und anknipsen. Dann wäre die Romantik perfekt!

Mir ist natürlich klar, dass Hajo die Schule nur schwänzt, um mit mir zusammen sein zu können! Von Caro weiß ich ja, wie wenig Lust er auf die Arbeit auf dem Hof hat.

Aber die anderen beiden Mädchen sollen das natürlich auf keinen Fall mitbekommen. Also schlucke ich mein Verliebtheitslächeln rasch hinunter. Das bewahre ich mir für einen anderen Zeitpunkt auf. Wenn Imke und Marion nicht gerade neben uns stehen und Marion ständig komische Blicke herüberwirft!

Hajo wartet immer noch auf eine Antwort. Ich zögere. Klar möchte ich reiten! Und aus meinen Büchern weiß ich auch genau, wie es funktioniert. Oder?

Hajo verschwindet im Stall und kommt ein paar Minuten später mit Sattel und Zaumzeug zurück. „Nur nicht so zaghaft!“, muntert er mich auf. „Schließlich sollst du ja nicht nur arbeiten, sondern auch ein bisschen Spaß haben!“ Er sattelt Melody und legt ihr die Trense an. Dann drückt er mir die Zügel in die Hand und macht das Pferd, das Imke geputzt hat, für sich fertig. Kurz darauf sitzt er im Sattel.

„Los, steig auf!“

Verunsichert starre ich auf den Pferderücken hoch über mir. Wie soll ich da nur hochkommen? Vorsichtig ziehe ich die Steigbügel herunter, so wie Hajo es gemacht hat. Und dann probiere ich es einfach.

Ein Kinderspiel, denke ich, als ich wie in Trance mein Bein hebe. Endlich erfüllt sich mein sehnlichster Wunsch! Ich bin kurz davor, eine richtige Reiterin zu werden. Mein Fuß berührt den Steigbügel und mit Schwung schnelle ich in die Höhe.

Sekunden später lande ich hart auf dem Boden, mein Fuß steckt immer noch in dem Steigbügel. Der Sattel hängt seitlich an Melodys Bauch, was dieser offenbar überhaupt nicht behagt. Vorwurfsvoll sieht sie mich an und schnaubt empört.

Marion kichert. Auch Imke kann ihr Lachen nicht unterdrücken. Nur mir ist zum Heulen zumute.

„Oh Mann, du bist auch schon länger nicht mehr geritten, was?“, stellt Hajo mitleidig fest und steigt vom Pferd, um mir hochzuhelfen. „Den Sattelgurt sollte man schon festziehen, bevor man aufsteigt.“

Ein gequältes Lächeln huscht über mein Gesicht. Wie um alles in der Welt konnte das passieren? Auf solche fiesen Details sind meine Pferdebücher nie eingegangen.

„Ich glaube, wir verschieben den Ausritt lieber“, presse ich scherzhaft heraus. Dann beeile ich mich, Melody von dem Sattel zu befreien.

Zum Glück reiten die anderen nicht auf meinem peinlichen Missgeschick herum und der restliche Nachmittag vergeht ziemlich schnell. Die Ponys müssen noch auf die Weide gebracht werden und ab vier ist sowieso Hochbetrieb auf dem Hof. Lauter fremde Leute. Reiter, Kinder, ein Tierarzt. Jemand, der die Tränkbecken kontrolliert, die in letzter Zeit häufig einmal ausgefallen sind. Ich verliere glatt den Überblick.

Zum Glück ist Hajo immer in der Nähe. Und Marion, die mir keinen Schritt von der Seite weicht. Offenbar denkt sie seit meinem blöden Fehler von vorhin, man sollte mich besser nicht aus den Augen lassen!

Als es schließlich erst mal nichts mehr für mich zu tun gibt, verdrücke ich mich in den Aufenthaltsraum, wo ich mir das Video vom letztjährigen Hoffest ansehe. Dazu knabbere ich die Erdnüsse, die in einer Schüssel auf dem Tisch stehen. Schließlich habe ich seit der großen Pause nichts mehr gegessen. Wieder mal gerate ich ins Träumen. Vielleicht werde ich ja nächstes Jahr auch auf so einem Video zu sehen sein – zusammen mit Black Storm!

Als die Tür mit Schwung aufgeht, nehme ich rasch die Finger aus der Erdnussschale und starre konzentriert auf die Ponykutsche, die eben über den Bildschirm flackert.

Der Mann an der Türe räuspert sich. Ich habe heute so viele verschiedene Menschen gesehen, dass ich gar nicht mehr sagen kann, ob ich sein Gesicht schon kenne oder nicht.

„Gehörst du zum Haus?“, fragt er und kratzt sich am Kinn.

Augenblicklich merke ich, wie ich hellhörig werde. Ein Fremder also! Und glatt ist er darauf reingefallen. Hat mich auf den ersten Blick als Mitglied des Hofes identifiziert! Und das, wo ich weder Marions tolle blonde Mähne habe noch ein Pferd durch die Gegend führe!

Stolz nicke ich und schalte den Fernseher aus. „Kann ich Ihnen irgendwie helfen?“

Der Mann lächelt nett. „Sehr gut. Dann musst du Carolina sein. Deine Geschwister habe ich schon kennengelernt."

Ehe ich kapiere, was ich tue, nicke ich eifrig. Soll er doch denken, was er will. Hauptsache, er merkt nicht, dass ich in Wahrheit ein unwissender Eindringling bin. Ein Pferdefan, der so wenig Ahnung von Pferden hat wie ein Rentier vom Sonnenbaden auf Mallorca!

„Ich bin der neue Mieter im Anbau!", stellt sich der Mann vor und streckt mir die Hand entgegen. Als er meine schwarzen Fingernägel sieht, huscht ein irritierter Ausdruck über sein Gesicht. Dann schaut er mir in die Augen und nickt noch einmal. „Deine Mutter meinte, ich könnte mir eine Flasche Wasser aus dem Kühlschrank borgen. Ich hatte noch keine Gelegenheit einzukaufen."

Ich schüttle fest die Hand und deute dann in die Ecke, wo der Kühlschrank leise vor sich hin brummt. „Bitte, bedienen Sie sich."

Der Mann nimmt sich eine Flasche heraus, öffnet sie, setzt an und trinkt sie im Stehen halb aus.

„Einen schönen Hof habt ihr da!", sagt er schließlich, schraubt die Flasche wieder zu und tippt sich zum Abschied mit der Hand an die Stirn. „Ach ja. Du kannst mich übrigens Peter nennen!" Dann geht er wieder.

Ich setze mich zurück auf meinen Stuhl und

schalte das Video wieder ein. Aber die Konzentration ist wie weggeflogen. So ein netter Mieter!

Und dieses ulkige Zöpfchen mit den bunten Bändern. Das sieht richtig ausgefallen aus. Fast so, als wäre er aus Moms Galerie entlaufen!

Caro

Nichts ist schwieriger, als gelassen und ruhig dazusitzen, wenn man eigentlich am liebsten sofort mit einer Geschichte herausplatzen würde! Mein Klaviernachmittag liegt wie ein süßes Geheimnis in meinem Mund und möchte unbedingt nach draußen.

„Wie hat sich Franzi denn auf dem Hof angestellt?", frage ich stattdessen. Weil ich erst zur Abendbrotzeit heimgekommen bin, hatten Franzi und ich blöderweise gar keine Zeit mehr, uns zu unterhalten.

Hajo grinst. „Erste Sahne!", sagt er und nimmt sich die letzte Frikadelle vom Teller in der Mitte. „Das Mädchen hat echt was drauf! Eine erstklassige Reiterin!" Er lacht.

Verwirrt starre ich über den Tisch meinen Bruder an. Hajo war doch heute Nachmittag gar nicht da! Der hatte doch Berufsschule! Woher will der denn das wissen?

Mein Vater schüttelt den Kopf. „Das mit der Blaumacherei wird jetzt aber nicht zum Dauerzustand!", brummt er und nimmt Mama Klein Jonas ab.

Hajo macht blau? Das sind ja ganz neue Geschichten! Und dann hilft er auch noch ohne Aufforderung auf dem Hof mit! Auf einmal merke ich, wie ich richtig sauer werde. Essiggurkensauer. Ein Wunder, dass mein Gesicht sich nicht völlig verzieht!

Wenn ich mich um die Pferde kümmern muss, rührt Hajo nicht mal den kleinen Finger. Und kaum rückt meine schicke englische Freundin mit ihrem tollen Chiemseerucksack an, kann er sich vor Hilfsbereitschaft kaum mehr beherrschen! Wütend schlinge ich meinen Kartoffelsalat in mich hinein und ignoriere Klein Jonas' Geschrei.

„Franzi ist lieb!", brüllt der in einem fort, seit er auf seinem Kissen Platz genommen hat. „Lieb! Lieb! Lieb!"

Nach dem Essen hat Papa mal wieder etwas mitzuteilen. Das Familiengericht tagt.

„Also, Kinder. Diesmal gibt es keine Ausrede. Am Samstag in einer Woche brauche ich jede Hand!"

Imke setzt ein gequältes Gesicht auf und Papa wirft ihr einen strengen Blick zu. Natürlich weiß jeder, wovon er spricht. Klar, das alljährliche Hoffest steht an. Der Tag der offenen Tür. Seit gestern hängen die Plakate in den umliegenden Dörfern aus und im Lokalradio wurde auch schon dafür geworben.

Hoffest bedeutet für die Besucher: vormittags

kostenloses Ponyreiten für Kinder. Pferdeschau für die Erwachsenen und zwei, drei Vorführungen auf dem Reitplatz. Später dann ein paar Fahrten mit der Ponykutsche für die Allerkleinsten und ein buntes Glücksrad, an dem man Reitstunden gewinnen kann.

Auf dem Vorplatz sind ab der Mittagszeit jede Menge Biertische aufgestellt und es gibt Würstchen, Grillfleisch und Limo fast umsonst. Ein bisschen Tanzmusik wird auch geboten, und im Heuschober darf man herumtoben.

Für uns bedeutet das Hoffest den anstrengendsten Tag des Jahres. Arbeit von morgens um halb sieben bis nachts um zwölf. Jeder hat seinen ganz speziellen Aufgabenbereich. Letztes Jahr habe ich mich um die Ponys und die Getränketheke gekümmert. Ach ja. Und dann hatte ich natürlich noch meinen Auftritt mit Black Storm. Aber darauf lasse ich mich dieses Mal nicht mehr ein!

„Vielleicht können wir uns morgen mal zusammensetzen und durchgehen, wer sich um was kümmert“, kündigt Papa an und deutet auf Hajo. „Meinst du, du kannst aus dem Jugendzentrum wieder die Musikanlage ausleihen? Das war doch letztes Jahr so praktisch!“

Hajo kaut auf seiner Unterlippe herum. „Wenn nicht gerade Schülerdisco ist, ist das kein Problem. Aber falls ja, müssen wir uns was anderes überlegen.“

Mama schenkt sich ein Glas Apfelsaft ein. „Wir könnten auch eine kleine Musikband oder einen Alleinunterhalter anmieten“, schlägt sie vor. „Peter hat doch sicherlich gute Kontakte.“

Peter? Kaum ist man mal einen Nachmittag weg, schon hat man in diesem Haus vollkommen den Überblick verloren!

„Der ist doch eben erst hergezogen. Da hat er doch hier noch keine Kontakte geknüpft“, wirft Papa ein. „Und Alleinunterhalter sind furchtbar!“

Mama denkt nach. „Ich meine ja nur. An der Musikschule hat er doch sicherlich ein paar Kollegen, die ihm Tipps geben können! Wir wollen schließlich nicht an der falschen Stelle sparen. Und Musik ist doch mit das Wichtigste am Fest.“

Jetzt fällt mir doch glatt die Kinnlade runter.

„Wer, bitte schön, ist Peter?“, frage ich. Offenbar sage ich es so laut und entgeistert, dass mir alle einen irritierten Blick zuwerfen. Seit wann haben meine Eltern Freunde, die etwas von Musik verstehen?

„Peter ist der neue Mieter“, sagt Imke beiläufig. „Aber mach dir keine Hoffnungen. Er ist wirklich nicht dein Typ. Allein die Haare sind zum Davonlaufen! Voll der Hippie!“

Mama verdreht die Augen und Imke formt einen lächerlichen Kussmund.

Mein Typ! Von wegen! Schließlich ist sie es, die sich alle drei Minuten in jemand anderen verliebt!

„Jetzt sei doch nicht so albern, Imke!“, schimpft Mama. „Herr Fischer ist ein ganz normaler netter Mann. Und beruflich sehr engagiert. Er arbeitet in der Musikschule in der Kreisstadt. Und an seinen freien Tagen gibt er hier im Dorf ein paar Schülern Klavierunterricht. Oder, Schatz? Hat er es dir nicht so erklärt?“

Franzi

Es ist gegen halb elf, als ich höre, wie unten die Haustür aufgesperrt wird. Mama hatte mal wieder ein Geschäftsessen.

Ich drehe mich auf die andere Seite und versuche, wieder einzuschlafen. In den Armen habe ich einen furchtbaren Muskelkater und meine Beine sind vom vielen Herumlaufen auch fast taub. Nachdem ich mir ein Käsebrot gemacht hatte, bin ich sofort ins Bett gegangen. Ohne Fernseher. Ohne Buch. Vollkommen k.o.

Auf einmal höre ich einen entsetzten Schrei aus dem Erdgeschoss. Er ist so durchdringend, dass ich mit einem Schlag senkrecht im Bett sitze. Hastig wühle ich mich aus den Federn und renne barfuß die Treppe hinunter, wo ich Mom völlig aufgelöst im Bad finde.

„Was ist *das*?“, fragt sie und verzieht angewidert ihren Mund. Mit gespreizten Fingern streckt sie mir die Jeans und das Shirt entgegen, die ich vorsorglich im Wäschesack versenkt habe.

„Kleider?“ Ich zucke mit den Schultern. Mich nervt, wenn das Donnerwetter beginnt, ehe sie auch nur Hallo gesagt hat.

In diesem Augenblick löst sich ein ziemlich großer Knäuel Pferdehaar von meiner Jeans und landet sachte auf dem hellbeigen Badteppich.

Verwirrt bückt sich Mom und hebt den Knäuel auf. Mit halb zusammengekniffenen Augen hält sie ihn gegen das Licht und schüttelt sich angeekelt.

„Deine Schuhe sehen auch aus, als hättest du in einem Misthaufen gebadet!“, flüstert sie tonlos und wirft das Haarbüschel in den Müll.

Gut, vielleicht war es nicht so clever, meine verschmutzten Klamotten nicht sofort in die Waschmaschine zu stecken. Außerdem gibt es nichts Dümmeres, als Schuhe, an denen ein halber Pferdehof hängt, vor dem Haus einer Hysterikerin mit einschlägigen Pferdeerfahrungen abzustellen.

Ich weiß nicht, was Mama jetzt denkt. Ich sehe richtig, wie ihr Gehirn auf Hochtouren arbeitet! Mit jeder Sekunde scheint sie der Wahrheit näher zu kommen!

„Ich war im Wald“, sage ich hastig, ehe ihre Gedanken in die richtige Richtung wandern. „Richtig tief im Wald sozusagen. Wollte mich mal umschauen. Und da war es extrem schmutzig.“

Wortlos lässt Mom meine Jeans wieder in den Wäschesack fallen und rümpft die Nase.

„Im Wald?“ Ihr Blick bohrt sich in meinen halb geöffneten Mund, als wolle sie die Wahrheit mit Gewalt herauszwingen. Obwohl die Lüge ziemlich offensichtlich ist, scheint sie mir meine Behauptung abzunehmen. Und das, wo es im Bad so stark nach Pferd riecht, als hätte die Kloschüssel soeben ein Rodeo veranstaltet! Wenn es nicht um mein Überleben ginge, könnte ich mich wirklich über Moms Gutgläubigkeit aufregen! Aber so bin ich erst einmal froh, dem letzten Gericht noch mal entgangen zu sein.

Erleichtert folge ich Mom ins Wohnzimmer, wo sie sich aufs Sofa fallen lässt und die Beine von sich streckt.

Dann lächelt sie mich ganz bezaubernd an, als hätte es den Eklat im Bad eben überhaupt nicht gegeben.

„Herr Fischer ist ganz begeistert von dir!“, entfährt ihr die Neuigkeit. Sie seufzt und rückt zur Seite, um mir Platz zu machen.

„Herr Fischer?“ Ich merke, wie sich das Gespräch schon wieder auf gefährlichem Boden bewegt.

Mama nickt. „Ich habe heute Abend vom Büro aus mit ihm telefoniert“, erklärt sie und drückt mir einen Kuss auf den Kopf. Das hat sie nicht mehr gemacht, seit ich ihr den selbst gebastelten Bilderrahmen aus Büroklammern zum Muttertag geschenkt habe. Und das ist wirklich verdammt lange her.

„Telefoniert?“, rutscht es mir ziemlich schroff heraus, und ich ziehe meinen Kopf unter ihren

Liebkosungen weg. „Seit wann spionierst du mir nach?"

Mama verdreht die Augen. „Sei doch nicht gleich so!", murrt sie und gähnt. „Ich habe ihn angerufen, weil wir für eine Ausstellungseröffnung nächste Woche noch einen Pianisten brauchen."

Oje! Meine Mutter ist wieder mal in ihrem Element.

„Herr Fischer hat sofort zugesagt. Er ist so charmant!" Wieder seufzt sie, und jetzt verdrehe ich die Augen.

„Ach. Und dann hast du ihn wohl gleich auch über mich ausgequetscht!" Na ja. Irgendwie kann man ihr das ja tatsächlich nicht vorwerfen. Sie ist schließlich meine Mutter und den Unterricht bezahlt sie auch.

„Nein. Er ist ganz von selbst auf dich gekommen!", antwortet Mom vorwurfsvoll und streift sich den linken Stöckelschuh ab, der mit einem Klappern unter den Glastisch plumpst.

„Er meinte, du wärst ausgesprochen begabt und voller Feuereifrigkeit dabei!"

„Feuereifer", korrigiere ich streng, und Mom nickt zufrieden.

„Er sagte, du seist eine hervorragende Schülerin und ungemein gebildet!"

Gebildet? Was hat Caro dem denn alles erzählt? Irgendwie wurmt mich jetzt doch ein bisschen, dass ich ihn nicht selber kennengelernt habe. Wenn er

Caro schon so interessant findet, wie toll hätte er mich erst gefunden!

Mama ist selig. „Und was er am schönsten fand ...“ Sie macht eine theatralische Pause. „Dass du so wunderbar über mich gesprochen hast. Ich wusste ja gar nicht, dass dich mein Beruf und die Kunst so interessieren!“

Jetzt schlucke ich betreten. Mist! Vor der nächsten Klavierstunde erteile ich Caro strengstes Redeverbot. Schließlich habe ich einen Ruf zu verlieren.

„Das Einzige, was ich nicht verstehe ...“ Wieder gähnt Mama und kickt jetzt auch den zweiten Schuh auf den Boden. „Warum hast du denn den halben Nachmittag über mit dem armen Herrn Fischer englisch gesprochen? Und weshalb willst du unbedingt, dass er deinen Namen so seltsam ausspricht?“

„Seltsam?“ Jetzt verstehe ich nur noch Bahnhof.

„Na ja. F-r-ä-n-s-i. Du weißt schon. Englisch eben. Wo es dir doch überhaupt nicht gefällt, wenn ich das mache!“

Caro

In aller Frühe mit Laternchen auf dem Platz zu arbeiten ist eigentlich doch ziemlich schön. Kein Mensch ist weit und breit zu sehen und das Pferd gibt sich jede Mühe, es mir recht zu machen. Laternchen ist eine herrliche Fuchsstute, deren Fell in der Morgensonne wundervoll schimmert. Von der Stirn bis zu den Nüstern hat sie eine makellos weiße Blesse, als hätte jemand ihr Gesicht mit Tipp-Ex bearbeitet!

Für das Hoffest habe ich mir eine kleine Kür zu lustiger irischer Musik ausgedacht, die ich mit Laternchen einstudiere. Nichts besonders Schwieriges – ich bin ehrlich gesagt keine allzu tolle Dressurreiterin –, aber ganz nett.

Im Gegensatz zu Imke gehe ich nie auf Turniere, dazu bin ich einfach nicht ehrgeizig genug. Aber natürlich reite ich ganz ordentlich – das lässt sich einfach nicht vermeiden, wenn man auf einem Reiterhof groß wird.

Mit Laternchen zu üben macht mir auf jeden Fall mehr Spaß als die ewige Schufterei im Stall.

Die Haustür geht auf und Imke steht in ihrem babyrosa Morgenmantel im Rahmen. „Du siehst graziös aus wie ein Kartoffelsack!“, ruft sie über den stillen Hof und bricht in blökendes Gelächter aus. Aus Muh-Muh-Imke wird mit einem Schlag Mäh-Mäh-Imke. Andere Entwicklungsschritte kann man von ihr einfach nicht erwarten.

Als ich mit zehnminütiger Verspätung ins Klassenzimmer husche, steht Schimponski breitbeinig an der Tafel und kritzelt einen Zahlenkauderwelsch darauf, von dem einem angst und bange werden könnte.

„Der Klavierlehrer Herr Fischer ist unser neuer Mieter!“, eröffne ich Franzi gleich zur Begrüßung.

Franzi starrt mich ungläubig an. „Du willst mich auf den Arm nehmen!“

Ich schüttle den Kopf. „Wenn ich es doch sage: Herr Fischer wohnt bei uns im Anbau!“

Franziska deutet mit der Spitze ihres Bleistifts auf mich, als wolle sie mich damit aufspießen.

„Aber dann habe ich ihn auch kennengelernt!“, flüstert sie aufgebracht. „Im Aufenthaltsraum. Euren Mieter Peter. Das war nie und nimmer ein Klavierlehrer!“

„Du kennst ihn?“

„Er hat sich gestern eine Flasche Wasser aus dem Aufenthaltsraum geholt und dabei habe ich mich vorgestellt! Das heißt, ich habe so getan, als wäre ich du!“, erklärt Franzi jetzt kleinlaut und legt ihren Bleistift neben das Heft.

Nun bin ich es, die sie ungläubig anstarrt. Was für eine verworrene Angelegenheit!

Als sich Schimponski an der Tafel umdreht, um sein erstes Opfer auszuwählen, beenden wir unser Gespräch und starren reglos nach vorne. Mit Herrn Schimponski ist es wie mit einem Krokodil. Wer unauffällig ist, hat nichts zu befürchten. Aber wer auch nur die kleinste Aufmerksamkeit erregt, wird mit einem lauten Schnapp in die Untiefen der mathematischen Formelsammlungen gezerrt.

Maren in der ersten Reihe räuspert sich und Schimponskis Kopf schnellt so abrupt zur Seite, dass er tatsächlich wirkt wie ein Krokodil, das soeben ein Nilpferd erspäht hat.

„Ach, Maren, wie wäre es denn mit dir?“, fragt er, als wäre er rein zufällig auf sie gekommen. Als hätte nicht ein harmloses Räuspern ihren Untergang bedeutet. Das restliche Klassenzimmer atmet erleichtert auf. Herr Schimponski ist fürs Erste gefüttert, die Gefahr vorläufig gebannt!

„Du bist verrückt! Du kannst dich doch nicht einfach für mich ausgeben!“, flüstere ich aufgebracht, als Maren mit leidender Miene zur Tafel marschiert und Schimponski uns wieder seinen imposanten Rücken entgegenstreckt. Ich rede mich regelrecht in Rage. Der Anblick der furchtbaren Wurzel an der Tafel trägt auch nicht unbedingt dazu bei, dass ich mich beruhige.

Franziska überlegt. „Herr Fischer darf dich auf

keinen Fall jemals auf dem Hof sehen! Meine Mutter hat gestern Abend schon mit ihm telefoniert!“, zischt sie und setzt ein superstrenges Gesicht auf. Keine Ahnung, aus welcher Schublade sie das wieder geholt hat! Außerdem ist ihr Befehl natürlich ziemlich lächerlich. Wie stellt sie sich das vor? Ich *wohne* schließlich auf Hof Reiterglück. Ich kann mich doch nicht den Rest meiner Tage vor Herrn Fischer verstecken!

Auf der anderen Seite kann ich ihre Aufregung verstehen. Wenn Herr Fischer mich bei mir zu Hause sieht, hält er mich logischerweise für Franziska. Und wenn er dann am Telefon mit Franzis Mutter darüber spricht, dass er mich auf dem Reiterhof gesehen hat, ist bei ihr zu Hause die Hölle los.

Seufzend lege ich meinen Kopf auf die zerkratzte Tischplatte.

„Aha. Das Fräulein Zill leidet einmal wieder an Weltschmerz.“ Auf einmal steht Herr Schimponski über mir und starrt abfällig auf mich herunter. Die Klasse lacht, was ihn erst recht in Fahrt bringt. Vorne an der Tafel atmet Maren erleichtert auf.

„Vielleicht Liebeskummer? Oder warum sackst du mitten am Tag auf deinem Tisch zusammen?“ Herrn Schimponski scheint es richtig Spaß zu machen, mich vor der gesamten Klasse zu blamieren. Tatsächlich sind die Lacher wieder auf seiner Seite. Klar, solange er mit mir beschäftigt ist, haben die anderen nichts zu befürchten!

Vor Scham bekomme ich rote Flecken auf den Wangen. Meine Augen beginnen zu brennen.

„Das ist eine Privatangelegenheit!“, faucht Franziska ihn plötzlich böse an, und in der Klasse wird es mit einem Schlag mucksmäuschenstill. Sogar Herr Schimponski klappt den Mund zu und stiert Franzi verunsichert an. Das hat er in seiner ganzen Lehrerlaufbahn noch nicht erlebt! Der reinste Aufstand der Nilpferde! „Sie waren sicherlich auch einmal zwölf und hatten Probleme. Es gibt schließlich Wichtigeres als Mathematik!“

Herr Schimponski zieht die Augenbrauen hoch, als hätte er sich verhört. Wenn er jetzt den Mund öffnet, verschluckt er uns garantiert mit Haut und Haar. Franzi sitzt aufrecht neben mir. Den Rücken durchgestreckt, den Kopf erhoben. Auf einmal wirkt es fast so, als wäre *sie* das Krokodil. Und Herr Schimponski ein armes Rehkitz, das aus Versehen in den Nil gesprungen ist.

Ohne ein weiteres Wort wendet sich Schimponski von uns ab und geht zurück zur Tafel. Dann macht er sich schweigend daran, die Aufgabe selbst zu lösen.

Franzi

Obwohl ich mich eigentlich freuen müsste, ist mir ganz komisch zumute, als ich mich am Montagmittag auf den Weg zu Hof Reiterglück mache. Im Schlepptau habe ich Klein Jonas, auf den ich heute überhaupt keine Rücksicht nehmen will. Wann immer er stehen bleibt, zum Beispiel weil eine besonders interessante Mülltonne seinen Weg kreuzt, zerre ich ihn mit Nachdruck weiter.

Auf jeden Fall muss ich heute höllisch darauf achtgeben, dass Herr Fischer mir nicht über den Weg läuft. Nicht auszudenken, wenn er sich mein Gesicht merkt und wir uns irgendwann mal begegnen, wenn ich mit Mom unterwegs bin. Womöglich begrüßt er dann Mutter mit: „Ach, Frau Hagenbach! Wo haben Sie denn Ihre talentierte Tochter gelassen?“ Und mich mit: „Bist du nicht das nette Mädchen vom Reiterhof?“ Oje! Was würde ich denn dann sagen?

Vor den Ställen erwartet mich schon Caros Mutter.

„Das ist so lieb von dir, Franzi, dass du mithilfst, während Carolina im Musikunterricht ist!“ Sie nimmt Jonas auf den Arm und deutet mit dem Kopf in Richtung Koppel, wo einige der Pferde träge in der Sonne grasen. „Ich muss noch rasch ein Telefonat mit der Tierklinik führen. Kannst du mal eben Ricco holen, den Braunen mit dem Stern auf der Stirn? Der Hufschmied kommt gleich. Und Marion hat heute leider kurzfristig abgesagt wegen einem Zahnarzttermin. Hajo ist in der Schule." Sie verschwindet mit Klein Jonas im Hausflur.

Ich als einzige Helferin weit und breit! Ohne die blonde Sklaventreiberin! Eigentlich gefällt mir der Gedanke ganz gut. Und im Grunde weiß ich ja schon fast alles, was man im Umgang mit Pferden beachten muss. Aber dass Hajo nicht da ist, macht mich schon ein bisschen traurig.

Dank meiner inzwischen reichen Erfahrung weiß ich, dass ich einen Strick mitnehmen muss. Dann spaziere ich zum Gatter hinüber, um das Pferd abzuholen.

Mutig schlüpfe ich durch den Zaun hindurch und steuere auf den Braunen zu. „Ricco?", rufe ich vorsichtig.

Als er müde den Kopf hebt, winke ich ausgelassen in seine Richtung. Aus meiner Hosentasche zaubere ich eine Mohrrübe und halte sie deutlich sichtbar in die Luft. Seit ich auf Hof Reiterglück ein und aus gehe, sind Mohrrüben mein wichtigstes Utensil!

Tatsächlich setzt sich Ricco in Bewegung und trottet neugierig auf mich zu.

„Brav!“, empfange ich ihn und mache den Haken schnell an seinem Halfter fest.

Jetzt zahlt es sich aus, dass ich die anderen so genau beobachtet habe. Zur Belohnung schiebe ich Ricco die Karotte ins Maul.

Aber was ist das? Wie auf ein stummes Kommando hin kommen jetzt auch alle anderen Pferde auf uns zugetrabt. Artig stellen sie sich neben Ricco in Position und glotzen mich erwartungsvoll an, als hätte ich sie zum gemeinsamen Kaffeekränzchen gebeten!

„Hallo Melody! Hallo Laternchen! Hallo Starlight!”, begrüße ich die drei Pferde, die ich erkenne, und zupfe dann nervös an Riccos Strick. „Ihr anderen geht schön wieder weg!“, befehle ich und wedle hektisch mit meiner freien Hand. „Husch! Schön zurück!“

Keines der Pferde regt sich auch nur. Erst als ich mich mit Ricco am Strick in Bewegung setze, trotten auch die anderen artig hinter uns her. Verzweifelt bleibe ich am verschlossenen Gatter stehen. Wenn ich jetzt aufmache, spazieren die alle einfach in den Hof hinein. Im Geiste sehe ich schon die Schlagzeile: „Zwölfjähriges Mädchen verursacht Massenflucht aus Pferdehof! Inhaftiert!“

Ich kann mir lebhaft vorstellen, wie die Tiere schnurstracks in Richtung Dorf wandern, um sich in den Vorgärten ein neues Zuhause zu suchen!

Verzweifelt stampfe ich mit dem Fuß auf.

„Marsch, zurück!“, donnere ich in einem unfreundlichen Befehlston und mache ein strenges Gesicht. Immer noch rühren sich die Pferde keinen Zentimeter von meiner Seite.

Wie aus dem Nichts taucht auf einmal Caros Mutter wieder auf. „Wo bleibst du denn, Franzi? Der Hufschmied ist schon da.“

Jetzt erst erkennt sie, in welch unangenehmer Lage ich stecke. Sie lacht. „Oh, du hast gleich deinen Fanclub mitgebracht!“

Liebevoll fährt sie Ricco durch die Mähne und öffnet das Gatter für mich. Erleichtert schlüpfe ich mit Ricco hindurch, während Frau Zill das Gatter gekonnt vor den übrigen Tieren verschließt. Die Pferde bleiben noch kurz am Zaun stehen und werfen mir spöttische Blicke zu. Aber dann weckt irgendetwas anderes ihre Aufmerksamkeit und sie wenden sich von uns ab.

Während sich der Hufschmied und Robert, der Angestellte der Zills, um Ricco kümmern, gibt es für uns andere erst mal Mittagessen.

„Hast du am Wochenende schon was vor?“, fragt mich Imke und zeichnet mit dem Löffel ein Herz in ihren Grießbrei. Dann verwischt sie es wieder und schiebt sich einen Löffel davon in den Mund.

„Nö“, antworte ich achselzuckend und beobachte, wie Herr Zill einen Blick auf die Uhr wirft. Um halb drei kommen Handwerker, die das Stalldach unter die Lupe nehmen müssen. Und um drei schaut der Tourismusbeauftragte vorbei. Hier herrscht wirklich ein ganz schön strenger Tagesplan! Hoffentlich schaffe ich es heute, wenigstens ein bisschen Zeit mit Black Storm zu verbringen. Ich habe eine ganze Tüte Äpfel für ihn mitgebracht.

„Weißt du, wir haben am Samstag Hoffest. Und vielleicht hast du ja Lust, uns ein bisschen zu unterstützen?“ Imke zieht das Kompott zu sich herüber und isst es direkt aus der Schüssel. Hoffest? Das hört sich wunderbar an!

Ihre Mutter schüttelt den Kopf. „Sicherlich will deine Mama am Wochenende auch mal was von ihrer Tochter haben!“ Betreten starre ich auf mein Besteck.

„Aber ihre Mutter kann sie doch mitbringen!“, schlägt die Oma vor und tätschelt mir die Hand, die immer noch reglos neben dem Teller mit dem dampfenden Grießbrei liegt. „Frag sie doch einfach, ob sie Lust hat!“

Ich lächle zaghaft und beginne dann doch zu essen. Die alte Frau Zill kann schließlich nichts dafür, dass ich so eine komplizierte Mutter habe. Außerdem kommt Papa am Wochenende zu Besuch. Und natürlich wird Irene, Papas neue Frau, mit von der Partie sein. Die kann ich doch unmöglich alle auf das Hoffest schleppen!

„Vielleicht kann ich sie überreden“, behaupte ich und überlege krampfhaft, ob es eine Möglichkeit gibt, dass ich mich am Samstag wenigstens für ein paar Stunden hierher stehle. Schließlich ist das auf Hof Reiterglück ja der wichtigste Tag im Jahr und irgendwie gehöre ich doch schon richtig dazu.

„Sag mal, Mädchen", sagt die Oma, die sich seufzend in ihrem Stuhl zurücklehnt. „Kannst du das Fenster kippen, damit ein wenig Frischluft hereinkommt?"

Artig ziehe ich die Häkelgardinen zur Seite und öffne das Fenster. Gerade in dem Augeblick schiebt der neue Mieter, Peter, sein Fahrrad über den Hof. Als würde er spüren, dass er beobachtet wird, hebt er den Kopf.

„Hallo, schöne Frau!", brüllt er zu mir hoch und schwingt seine Baumwolltasche durch die Luft. „Klavierunterricht!", fügt er erklärend hinzu. „Aber irgendwann möchte ich auch mal den Reiterhof besser kennenlernen!"

Er tippt sich an die Stirn und verschwindet mit fliegenden Haaren in der Auffahrt. Mit erhobener Hand bleibe ich am Fenster zurück.

Herr Fischer nickt mir aufmunternd zu. „Mensch, das klappt doch schon richtig gut, Franzi. Wenn du weiterhin so fleißig übst, können wir die Anfangssequenzen eigentlich überspringen und schon mit den leichten Melodien beginnen."

Vor Freude bekomme ich ganz glänzende Augen. Und das, obwohl ich hundemüde bin!

So langsam macht es sich bemerkbar, dass ich seit einer Woche jeden Morgen vor der Schule mit Laternchen übe. Dafür sitzt unsere Vorführung inzwischen ziemlich gut.

Aber dann verfinstert sich mein Blick. Was passiert, wenn die Noten schwieriger werden? Ich kann doch nicht ständig zu Hagenbachs kommen und das Klavier zum Üben in Beschlag nehmen! Außerdem ist es sowieso abzusehen, dass Herr Fischer mich bei uns zu Hause entdeckt. Spätestens dann fliegt die Sache ohnehin auf.

Herr Fischer scheint meine plötzliche Traurigkeit zu bemerken. „Aller Anfang ist schwer!", tröstet er mich und klappt das Klavier zu. „Mit diesen traurigen Augen siehst du deiner Mutter wirklich furchtbar ähnlich!"

Der Kommentar kommt so unerwartet, dass ich mich vor Überraschung verschlucke. Während ich huste und keuche, muss ich dann auch noch lachen. Das ist aber auch zu ulkig. Denn schließlich kennen Franzis Mutter und ich uns kaum. Der arme Herr Fischer sieht schon Ähnlichkeiten, wo gar keine sind!

Verunsichert klopft mir Herr Fischer auf den Rücken. „Ja, ja. Ich weiß“, sagt er achselzuckend und packt seine Musikbücher zusammen. „Als Kind hört man es überhaupt nicht gern, dass man seinen Eltern ähnlich sieht. Aber in diesem Fall musst du dir überhaupt keine Gedanken machen. Denn deine Mutter ist wirklich ganz zauberhaft!“

Mir kommt es so vor, als würden sich Herrn Fischers Wangen plötzlich rot färben. „Ich habe sie gestern in der Galerie besucht – wegen einer geschäftlichen Angelegenheit“, fügt er rasch hinzu. „Eine tolle Frau!“

Jetzt wird mir das Ganze aber doch langsam zu doof. Schließlich will ich mich mit Herrn Fischer über Musik unterhalten und mir nicht anhören, wie super er meine Mutter findet, die in Wahrheit gar nicht meine Mutter ist.

Wortlos stehe ich auf und reiche ihm seine Strickweste.

Im Flur räuspert sich Herr Fischer noch einmal umständlich. „Der Donnerstagsunterricht muss diese Woche leider ausfallen", kündigt er dann an. „Ich würde ihn gerne auf Samstag verschieben."

Entsetzt starre ich ihn an. „Das geht nicht!", entfährt es mir erschrocken. „Am Wochenende ist doch meine Mutter zu Hause!"

Ein Strahlen huscht über Herrn Fischers Gesicht. „Aber das ist doch wunderbar! Dann kann sie sich selbst von deinen Fortschritten überzeugen!"

Seine Freude quittiere ich mit einem bösen Gesichtsausdruck. Warum muss er die Angelegenheit noch komplizierter machen, als sie sowieso schon ist? Am Samstag ist außerdem Hoffest. Er soll gefälligst am Donnerstag kommen, wie es abgesprochen war!

„Weißt du, deine Mutter und ich haben uns für Samstagabend zum Essen verabredet. Ihr bekommt ja Besuch von deinem Vater und seiner Frau, und sie fand, dass es ganz nett wäre, wenn ich gemeinsam mit euch direkt nach dem Klavierunterricht ..."

Offenbar sehe ich ihn so entgeistert an, dass er augenblicklich aufhört zu sprechen. Er schluckt betreten und knöpft sich umständlich die Weste zu.

„Natürlich nur, wenn du kein Problem damit hast. Ich weiß ja, ich bin dein Klavierlehrer. Aber deine Mutter und ich verstehen uns wirklich gut. Und wir dachten uns –" Mit jedem Wort, das er ausspricht, wird die Katastrophe noch größer. Frau

Hagenbach und Herr Fischer! Jetzt fliegt unser Betrug auf jeden Fall auf!

„Meine Mutter ist gar nicht so“, unterbreche ich ihn wütend.

Warum muss dieser blöde Herr Fischer auch ausgerechnet in unsere Mietwohnung ziehen? Warum muss er ausgerechnet Frau Hagenbach so toll finden? Merkt er denn gar nicht, dass er soeben alles kaputt macht?

„Kein Freund hält es lange mit ihr aus. Und ehrlich gesagt brauchen wir auch gar keinen Mann im Haus!“, zische ich Herrn Fischer ungehalten an. Dabei gucke ich, als würde ich ihn am liebsten in der Luft zerfetzen. Würde ich ja auch.

„Also, wenn das so ist ...“, stottert Herr Fischer. Und auf einmal ist er es, der ziemlich traurig aus der Wäsche schaut. „Vielleicht überlegen wir uns das mit dem Essen noch einmal. Und wegen Samstag rufst du mich einfach an!“

Dann hat er es ziemlich eilig zu gehen.

Franzi

Als ich vom Hof heimkomme, sitzt Caro ganz verloren auf dem weißen Sofa im Wohnzimmer. Sogar als ich den Raum betrete, rührt sie sich nicht vom Fleck. Irgendwie macht sie den Eindruck, als hätte sie geheult.

„Was ist los?“, frage ich sie.

„Jetzt ist alles aus!“, murmelt Caro und schüttelt den Kopf.

Ich grinse. „Sei mal nicht so depri!“ Den Spruch habe ich von Olaf aus unserer Klasse geklaut. Der wendet ihn eigentlich immer nur auf unsere Deutschlehrerin an: „Mann, ist die depri.“ Aber auf Caro passt er in diesem Moment mindestens genauso gut.

Carolina schnäuzt sich und zieht eine Grimasse.

„Am Samstag hat sich Herr Fischer mit deiner Mutter und deinem Vater zum Abendessen verabredet.“

Sie schaut mich so verzweifelt an, dass ich sie am liebsten in den Arm nehmen will. Das Problem ist nur: Im selben Moment fange ich an, ebenfalls ziemlich verzweifelt zu werden.

„Was will der denn von meiner Mutter?“,

schnauze ich und setze mich aufgebracht neben Caro. „Der soll Klavierunterricht geben und nicht mit meiner Mutter zum Essen gehen!“

Jetzt muss Caro kichern. Aber es klingt ein bisschen so, als könne sie sich nicht entscheiden, ob sie lachen oder weinen soll.

„Wir müssen jetzt die Wahrheit sagen“, presst sie gequält hervor. „Spätestens am Samstag fliegt die Sache ja sowieso auf.“ Dann treten ihr wieder Tränen in die Augen. „Oder auch nicht“, jammert sie und fängt jetzt richtig an zu heulen. Dazu bekommt sie plötzlich auch noch Schluckauf.

„Ganz ruhig!“, versuche ich sie zu beruhigen. „Was hast du denn angestellt?“

Caro schnappt weinend nach Luft.

„Ich-*hicks*-habe ihm erzählt, dass wir nicht interessiert an ihm sind.“

„Wir?“ Irgendwie ahne ich Böses.

„Na ja. Ihr beide eben. Deine Mutter und du. Ich habe ihm klargemacht, dass du keinen Vater brauchst und deine Mutter sowieso ständig neue Männer hat.“

Wenn es nicht Caro wäre, die ich mittlerweile so lieb gewonnen habe wie eine richtige Schwester, würde ich ihr jetzt ganz schön die Meinung sagen. Die kennt meine Mutter doch gar nicht! Und außer diesem idiotischen Hugo gab es in Mamas Leben seit Jahren keinen Mann mehr! Ihr Lieblingsspruch ist der über enttäuschte Liebe.

Aber ob es mir gefallen würde, wenn ausgerechnet Herr Fischer etwas an ihrer Einstellung zu Männern ändert? Noch jemand in unseren vier Wänden, der das Klavier vergöttert! Schlimmer kann es kaum kommen. Oder?

„Vielleicht entscheidet er sich jetzt, den Klavierunterricht für immer abzubrechen und deine Mutter nie mehr zu sehen!“, seufzt Caro. Sie wirkt wirklich wie ein Häufchen Elend. „Stell dir mal vor, vielleicht habe ich ein großes Liebesglück zerstört!“

Der Satz beeindruckt mich ziemlich. Ein großes Liebesglück zerstört! Mit diesem Gespräch könnten wir glatt in einem Film auftreten!

Wie ich da so neben ihr sitze und über zerstörtes Liebesglück nachdenke, kann ich auf einmal nicht anders und muss ihr unbedingt von meiner Verliebtheit zu ihrem Bruder erzählen. Noch mit keinem anderen habe ich darüber geredet. Und all meine anderen Geheimnisse sprudeln plötzlich auch aus mir heraus. Die Sache mit dem Verliebtheitslächeln, das bei meinem Religionslehrer so gar nicht gewirkt hat. Ich erzähle ihr von dem feuchten Kuss mit Fritzi Neumeyer im Keller neben der Stehlampe. Und davon, dass ich furchtbar Herzklopfen bekomme, wenn ich nur an Hajos Namen denke.

Erst schaut mich Caro völlig entgeistert an.

„Hajo?“, wiederholt sie immer wieder und

spricht den Namen aus, als wäre er ein Fremdwort, das sie partout nicht verstehen will. Aber wenigstens hört sie auf zu weinen, und dann erzählt sie mir auch ein Geheimnis. Nämlich, dass sie auch in jemanden verliebt ist. Aber weil sie natürlich lange nicht so mutig ist wie ich, flüstert sie mir es einfach ins Ohr. So, wie beste Freundinnen das wohl normalerweise machen.

„Und jetzt?“, fragen wir gleichzeitig nach all diesen Geständnissen.

Caro stützt den Kopf in ihre Hände.

„Wir tauschen noch ein letztes Mal“, schlägt sie dann mit fester Stimme vor. „Am Samstagvormittag nehme ich noch mal Unterricht bei euch. Du musst versuchen, deine Mom aus dem Haus zu bekommen. Und sie soll Herrn Fischer Bescheid geben, dass der Unterricht stattfindet und dass er abends mit zum Essen darf. Und du hilfst in der Zwischenzeit auf dem Hoffest aus. Uns wird schon eine Ausrede für mich einfallen. Und danach musst du deiner Mutter alles erzählen, ohne etwas auszulassen!“

Sie sagt das alles sehr feierlich und ernst. Als wären wir Politikerinnen oder so, die eine große Entscheidung fällen. Aber das ist es für uns ja auch. Denn wer weiß, ob ich danach jemals wieder zu Caro darf. Und Caros Klavierunterricht ist damit auch erst mal beendet.

Ihr Vorschlag gefällt mir sehr gut. Und mit Samstagmorgen gibt es auch kein Problem. Denn um zehn holt Mom Papa und Irene am Bahnhof in der Kreisstadt ab. Danach schauen sie sich die Galerie an und gehen Mittag essen. In der Zeit kann Herr Fischer Caro hier Klavierunterricht geben, während ich auf Hof Reiterglück bin. Und beim Abendessen kläre ich die Geschichte dann ein für alle Mal auf. Vielleicht wird es ja ganz witzig, wenn Herr Fischer erkennt, wie wir ihn an der Nase herumgeführt haben!

Und sicherlich helfen mir Papa und Irene, das Schlimmste zu vermeiden. Sie sind beide ziemlich ruhig und ausgeglichen und können Mama festhalten, wenn sie mit abstehenden Locken wie eine Rakete durch die Zimmerdecke düsen will.

Caro

Als ich am Samstagmorgen aufwache, fühle ich mich ganz komisch. Meine letzte Klavierstunde mit Herrn Fischer – und das nach nur drei Terminen! Aber seltsamerweise bin ich gar nicht so recht traurig. Denn gestern Nacht, als ich mich noch einmal zu Tamara in den Ponystall geschlichen habe, habe ich einen Entschluss gefasst. Dass ich nämlich meinen Eltern endlich deutlich sagen werde, was ich will. Nämlich, dass ich musikalisch begabt bin und als Ausgleich für das viele Mitarbeiten auf dem Hof Klavierunterricht haben möchte. Vielleicht kommt uns Herr Fischer ja entgegen, was den Preis anbelangt. Schließlich gehört er ja quasi mit zur Familie. Tamara hat mir zustimmend in die Haare geschnaubt.

Und die Sache mit dem fehlenden Klavier hat sich vielleicht auch gelöst. Denn durch die Gardinen meines Zimmerfensters konnte ich beobachten, wie ein großer Umzugstransporter angerauscht kam und ein waschechtes Klavier in Herrn Fischers Wohnung geliefert wurde. Auf dem könnte ich ja möglicherweise ab und zu üben.

Mama erzählte beim Abendbrot, Herr Fischer

hätte das Instrument noch in seiner alten Wohnung in Köln gehabt, die er zum Monatsende aufgibt. Und dann meinte sie noch, es sei ja ganz schön, wenn zukünftig etwas Musik über Hof Reiterglück schallt. Das würde Pferd und Mensch gleichermaßen wohltun!

Noch etwas habe ich gestern Nacht im Stall beschlossen. Ich werde auf jeden Fall mit Frau Hagenbach reden, damit sie Franzi auch in Zukunft erlaubt, bei uns mit anzupacken. Denn schließlich scheinen es Franzi die Pferde richtig angetan zu haben. Und es wäre doch ein Jammer, wenn das nun ein Ende finden würde!

Auf halbem Weg zu Franzis Haus kommt sie mir auf ihrem neuen Rad entgegen. Es ist ein blitzgrünes Bike und wird sicherlich sofort das meistbeneidete Rad im ganzen Ort werden. Franzi steigt in die Bremse und grinst mich fröhlich an.

„Auf dem Hof ist schon ziemlich was los", warne ich sie. „Aber es sind alle gekommen, die ihre Hilfe zugesagt haben. Frag einfach Hajo, wie du dich nützlich machen kannst."

Als ich den Namen Hajo ausspreche, flackert ein Glitzern in ihren Augen auf. Oje! Darüber werde ich wohl nie hinwegkommen. Ihre Schwärmerei für Black Storm kann ich ja gerade noch verstehen. Aber wie kann man sich nur freiwillig in meinen doofen Bruder verlieben?

„Und deine Mutter ist nicht im Haus?“, frage ich sicherheitshalber noch mal nach.

Franzi schüttelt den Kopf. „Sturmfreie Bude. Sie kommt erst nach dem Mittagessen mit Papa und Irene hierher. Und dann schlägt die Stunde der Wahrheit.“

Wir seufzen beide, und aus einem komischen Freundschaftsgefühl heraus reichen wir uns gleichzeitig die Hand. Seltsam, dass es so was gibt. Man denkt immer, solche Sachen passieren nur im Film oder in kitschigen Büchern. Aber als wir so Hand in Hand dastehen, hat es etwas ganz Normales.

„Wir müssen los“, sagt Franzi schließlich und steigt wieder auf ihr protziges Bike. „Die Pferde warten und Herr Fischer müsste in zehn Minuten bei uns zu Hause sein!“

Sie tippt sich mit der Fingerspitze an die Stirn, so wie sie es von Herrn Fischer abgeschaut hat, und schon ist sie davongebraust.

Lächelnd öffne ich das Gartentor, bleibe dann aber wie angewurzelt stehen. Wer mich beobachtet, denkt sicherlich, ein unsichtbarer Blitz hat mich soeben getroffen und an Ort und Stelle gelähmt. So ein Mist!

„Franzi?“ Herr Fischer steigt vor dem Gartentor von seinem Klapperrad ab und schließt es an einen Laternenpfahl. Er quält sich ziemlich mit dem

Schloss herum, irgendwie scheint der Schlüssel nicht zu passen. Als er mein versteinertes Gesicht erblickt, zuckt er mit den Schultern und gibt es auf. „Du hast recht. Wer sollte dieses Schrottmonster freiwillig klauen? Eben ist die Tochter meiner Vermieter an mir vorbeigefahren. Sie hatte ein Fahrrad, das den letzten Beweis dafür lieferte, dass ich fahrradtechnisch auf dem allerletzten Stand bin."

Er lacht schallend und kommt jetzt endlich in den Garten. Unser furchtbares Gespräch von vor ein paar Tagen scheint wie aus seinem Gedächtnis gelöscht. Keine Ahnung, wie Franzi das wieder geradegebogen hat. Offenbar hat sie mit ihrer Mutter geredet und etwas von einem plötzlichen Blackout erzählt.

Als ich immer noch nichts sage, merkt er endlich, dass es nicht um das doofe Fahrrad geht.

„Ist was passiert?"

„Der Schlüssel", presse ich verzweifelt hervor.

„Der Schlüssel?" Verwirrt betrachtet Herr Fischer seinen Fahrradschlüssel, und ich schüttle den Kopf.

„Der Hausschlüssel!", erkläre ich. „Meine Mutter ist nicht da, und ich habe ganz vergessen, meinen Schlüssel einzustecken."

Das stimmt natürlich nicht. Franzi hat einfach vergessen, ihn mir zu geben. Wahrscheinlich vor lauter Aufregung wegen dem Hoffest. Ich habe ja auch nicht daran gedacht.

Betröppelt stehe ich neben Herrn Fischer im Garten, und beinahe steigen mir die Tränen in die Augen. Diese letzte Klavierstunde wollte ich auf keinen Fall versäumen. Und jetzt das!

„Oje. Das ist aber ärgerlich!" Herr Fischer geht zur Tür und rüttelt daran, als würde sie wie durch Zauberhand aufspringen.

„Kannst du nicht deine Mutter anrufen?" Er klingt hoffnungsvoll. Eine Spur zu hoffnungsvoll für meinen Geschmack. Großzügig streckt er mir sein Handy entgegen, aber ich lehne dankend ab.

„Nein. Die ist im Moment mit meinem Papa unterwegs", rutscht es mir heraus. Auf keinen Fall darf er auf die Idee kommen, sie jetzt noch hinzuzuholen. Als ich die Enttäuschung in seinem Gesicht erkenne, füge ich rasch hinzu: „Mit Papa und Irene. Meine Eltern sind ja schon seit Ewigkeiten getrennt. Und Mama sehnt sich furchtbar nach einem neuen Mann in ihrem Leben." Ich fange an zu stottern. „In ihrem aufregenden Leben. In ihrem einsamen, aber aufregenden Leben."

Wie viel Schwachsinn kommt denn noch aus meinem Mund? Sicherlich hält mich Herr Fischer für total verrückt. Erst mache ich ihm meine angebliche Mutter madig wie einen fauligen Apfel und dann preise ich sie an wie Sauerbier. Kann ich nicht einfach normal reden? Aber so ist das wohl, wenn man sich inmitten einer großen Lüge bewegt. Jeder Satz muss wohlüberlegt sein. Und letztendlich klingt er dann doch völlig an den Haaren herbeigezogen.

Auf einmal habe ich eine Idee. „Die Hintertür!“, sage ich. „Vielleicht ist die ja nicht abgeschlossen.“

Herr Fischer wirkt erleichtert. Zielstrebig folgt er mir nach hinten in den Garten und ist schon wieder voller Tatendrang. „Heute habe ich ein Heft mit ersten einfachen Liedern mitgebracht! Als kleine Abwechslung zum Tonleiterüben!“, kündigt er voller Vorfreude an, und man merkt direkt, dass er es sich zum Ziel gesetzt hat, meine Freundschaft zu gewinnen.

Aber gut. Ab heute Nachmittag wird das nicht mehr nötig sein. Dann wird er erfahren, dass er sich nicht bei mir, sondern bei der echten Franzi einschleimen muss. Und dass er mich aber trotzdem nicht losgeworden ist, weil wir quasi Mitbewohner sind!

Energisch greife ich nach der Türklinke und drücke ihn hinunter. Nichts tut sich. Ob das Ding klemmt?

Mit voller Kraft stemme ich mich gegen das Holz und drücke dagegen. Noch mal. Irgendwann muss die blöde Tür doch aufspringen!

Dann tut sich tatsächlich was. Leider ist es aber nicht die Tür. Die ist nach wie vor verschlossen, ohne sich auch nur einen Millimeter bewegt zu haben.

Dafür setzt ein kreischender Ton ein, der wie eine Sirene auf- und abschwillt.

Herr Fischer und ich starren uns betroffen an. Eine Alarmanlage! Wir müssen wirken wie zwei Bankeinbrecher, die erkennen, dass sie von der Polizei umzingelt sind!

„Was zum Teufel ..." Herr Fischer blickt verunsichert zur Straße, wo bereits die ersten Nachbarn aus den Häusern gerannt kommen.

Panik kriecht meinen Rücken empor. Außerdem spüre ich schon wieder den Schluckauf in mir hochsteigen. Wenn es überhaupt eine Situation gibt, in der nur noch sofortige Flucht hilft, so ist sie in diesem Moment gekommen.

„Sorry!", presse ich hervor und schüttle dem armen Herrn Fischer überstürzt die Hand. Schließlich bin ich es ihm zumindest schuldig, dass ich mich anständig verabschiede. „Wir sehen uns noch!"

Dann drehe ich mich um und renne, ohne noch einmal stehen zu bleiben, los. Durch das offene Gartentor, an den Nachbarn vorbei und in Richtung Reiterhof.

Herr Fischer bleibt wie ein begossener Pudel im Garten zurück. Als ich mich noch einmal umdrehe, sehe ich, wie er verzweifelt sein Handy zückt.

Franzi

Auf dem Hof ist wirklich schon die Hölle los, als ich mit meinem Rad durch die Einfahrt rausche. Überall hängen Papierlampions und Lichterketten, die heute Abend, wenn Tanz und Musik angesagt ist, sicherlich wunderbar romantisch aussehen. Schön blöd, dass ich ausgerechnet dann meiner Familie zum Fraß vorgeworfen werde. Denn eine bessere Gelegenheit, Hajo endlich voll und ganz meine Liebe zu gestehen, wird sich nicht so schnell finden lassen.

Tatsächlich steht er auch schon vor mir. „Super, Franzi!“, begrüßt er mich. „Wir können wirklich jede Hilfe gebrauchen.“ Er schiebt mich durch die Massen von Menschen, die neugierig auf dem Hof herumschlendern und ihre Köpfe in jedes Gebäude stecken, das nicht verschlossen ist. Im Stall macht die Jugendreitgruppe ihre Pferde gerade für die Dressurquadrille fertig. Mit den eingeflochtenen Mähnen und den schicken weißen Satteldecken sind die Tiere kaum wiederzuerkennen.

Überall auf dem Hof stehen Biertische und aus einem Lautsprecher quillt fröhliche Sommermusik.

„Du kannst dich gleich mal am Getränkestand nützlich machen“, schlägt Hajo vor. „Cola und Wasser kosten einen Euro. Bier gibt es nur für die Erwachsenen. Aber die Fässer werden erst ab der Mittagszeit aufgemacht.“

Brav stelle ich mich zu den Getränkekästen und warte auf Kundschaft. Um diese Zeit ist hier allerdings noch nicht viel Andrang, nach einer Viertelstunde habe ich nur eine Cola verkauft.

Ich bin froh, als auf dem Reitplatz endlich die Quadrille beginnt – vom Getränkestand aus habe ich einen guten Blick darauf.

Jetzt hat mich auch Herr Zill entdeckt. Er kommt vorbei und klopft mir anerkennend auf die Schulter. „Du bist echt ein Goldstück, Franzi. Hast du Caro irgendwo gesehen?“

Ich schüttle scheinbar ahnungslos den Kopf. Wie leicht mir das Lügen inzwischen fällt!

Herr Zill geht nicht weiter darauf ein und beobachtet mit kritischem Blick die Vorführung der Jugendlichen. Die scheinen sich nach anfänglichen kleinen Verwirrungen wieder sortiert zu haben und reiten jetzt souverän in Zweier- und Vierergrüppchen zum Takt der Musik ihre Aufgabe. Es sieht toll aus, finde ich. Auch die Pferde, die zuerst ziemlich unruhig waren, haben sich inzwischen an die vielen Zuschauer gewöhnt und traben mit elegant gebogenen Hälsen stolz durch die Bahn.

„Als Nächstes gibt es einen kleinen Auftritt von

mir!“, meint Herr Zill zufrieden, als er sieht, wie fasziniert ich die Quadrille betrachte.

Er lässt seine Fingerknochen krachen, dass ich eine Gänsehaut bekomme.

„Ich werde auf Black Storm eine Kür reiten, mit der wir letztes Jahr auf ein paar Turnieren recht erfolgreich waren“, erzählt er weiter.

Black Storm! Neidisch wende ich den Kopf weg vom Reitplatz in Richtung Stall, wo Black Storm seinen Kopf neugierig nach draußen streckt. Auch seine Mähne ist eingeflochten und sein Fell blitzblank geputzt.

„Willst du mir gleich helfen, Black Storm auf den Platz zu bringen, und ihn dort ein bisschen herumführen, solange ich ein paar offizielle Begrüßungsworte sage? Dann kann er sich schon an die vielen Leute gewöhnen, bevor ich ihn abreite. Und die Leute sehen, dass bei uns jeder mit anpackt.“

Mein Herz macht einen regelrechten Salto.

Unter Applaus beendet die Jugendquadrille ihre Vorführung und verlässt den Reitplatz in Richtung Wald, um die Pferde trocken zu reiten.

Herr Zill gibt mir ein Zeichen und gemeinsam arbeiten wir uns durch die Menschen, die sich schon wieder über den ganzen Hof zu zerstreuen beginnen.

Als wir an der Box von Black Storm angelangt sind, ist Hajo schon dabei, ihn zu satteln und ihm die Trense anzulegen.

Herr Zill räuspert sich. „Franzi wird Black Storm auf den Platz bringen“, erklärt er seinem Sohn. „Das sieht doch nett aus – wie Vater und Tochter. Ich kann Caro einfach nirgendwo finden.“

Hajo wirft mir einen verschwörerischen Blick zu. Offenbar kapiert er, was Sache ist.

„Ich glaube, sie war vor ein paar Minuten hinten bei den Ponys“, unterstützt er mich und deutet irgendwo ins Nichts.

Herr Zill zuckt mit den Schultern. „Franzi packt das schon. Black Storm ist am Anfang immer sehr nervös, wenn so viel los ist, aber meistens lässt er sich schnell beruhigen. Du kennst dich ja ziemlich gut aus, wie ich erfahren habe.“ Er zwinkert mir zu und öffnet die Tür.

Hajo tritt beiseite. „Gut. Ich übernehme in der Zwischenzeit die Getränke. Nicht, dass jemand die Geldkasse ausräubert und mit den Kästen verschwindet!“ Er macht kehrt und schlendert zum Getränketisch hinüber. Spätestens jetzt wird er sicherlich sein Herz restlos an mich verlieren. Denn bestimmt sieht es ziemlich eindrucksvoll aus, wenn ich mit Black Storm zum Reitplatz schreite!

Wortlos streckt mir Herr Zill die Zügel entgegen und ich umklammere sie so fest, dass meine Adern an der Hand hervortreten. Black Storm schnaubt laut und reckt seinen Kopf so hoheitsvoll in die Höhe, dass augenblicklich die gesamte Aufmerksamkeit auf dem Hof auf uns gelenkt wird.

Herr Zill geht langsam an meiner Seite und redet leise auf Black Storm ein, der aufgeregt tänzelt und seinen Kopf von einer Seite auf die andere dreht, um alles im Blick zu haben.

Wahrscheinlich sehen wir wirklich aus wie Vater und Tochter. Schade, dass ich es nicht bin, die gleich eine Dressurkür auf Black Storm vorführen darf. Aber vorerst reicht es ja, dass ich dieses prächtige Tier durch die Menge führe. Links und rechts haften die Blicke der Leute neidisch auf mir und die Kinder starren beeindruckt hoch zu Black Storm.

Vorsichtig schiele ich nach links zum Getränkestand. Hoffentlich sieht Hajo mich auch! Meine Augen wandern suchend am Stand entlang. Kein Hajo. Verwaist steht die Geldkasse neben einer leeren Colaflasche. Ein Kind tritt unschlüssig von einem Bein auf das andere und wartet darauf, endlich bedient zu werden.

Dann sind wir auch schon am Reitplatz angelangt.

„Hast du Lust, ihn ein paar Runden im Schritt zu reiten, während ich die Leute willkommen heiße?“, flüstert mir Herr Zill zu und blickt mich erwartungsvoll an. „Du und Black Storm, ihr gebt wirklich ein nettes Paar ab!“

Vor Überraschung bleibt mir der Mund offen stehen! Ich fange den Blick eines Mädchens ein, das ehrfürchtig am Zaun steht und uns beobachtet.

„Aber klar!“, entfährt es mir und vorsichtig schiele ich hoch auf Black Storms Rücken. So schwer kann es doch nicht sein, eine Runde auf einem Pferd zu drehen! Immerhin weiß ich inzwischen, dass man den Sattelgurt noch festziehen muss. Zu meiner Erleichterung ist Herr Zill auch schon dabei und dann stellt er sogar mit routiniertem Blick auf meine Beine die Steigbügel in der richtigen Länge ein. Dankbar lächle ich ihm zu.

Dann setze ich meinen Fuß in den Steigbügel und ziehe mich hoch. Es ist gar nicht so einfach, und zum Glück steht Black Storm so, dass niemand sieht, wie unelegant ich mich in den Sattel hieve. Doch schließlich sitze ich oben und sehe mich stolz um. Wie schön die Welt von Black Storms Rücken aus ist!

Nun sehe ich auch endlich Hajo. Ein paar Schritte rechts von den Getränkekästen. Marion, die blonde Sklaventreiberin, steht bei ihm. Oder besser gesagt: lehnt bei ihm. An ihm. An meinem Hajo. Und eben, als ich hinüberschaue, drückt er ihr einen Kuss auf die Stirn. In aller Öffentlichkeit! So ganz und gar nicht freundschaftlich. Sondern richtig verliebt. Mein Hajo und Marion!

Black Storm wirft ungeduldig den Kopf auf und ab. Doch um ihn kann ich mich im Moment nicht kümmern. In Schockstarre sitze ich da oben und starre die beiden nur an. Wie konnte ich auch nur eine Sekunde denken, dass Hajo an mir interessiert ist? Er war gar nie meinetwegen auf dem Hof unterwegs. Sondern wegen Marion! Und auch heute ist er nur wegen Marion da. Damit er abends mit ihr tanzen kann, wenn all die schönen romantischen Lichter leuchten und ich zu Hause gevierteilt werde.

„Franzi?“ Herr Zill unten merkt, dass irgendwas nicht stimmt. Dass irgendwas ganz und gar nicht mehr stimmt. Ohne eine Antwort zu geben, drehe ich mich jetzt komplett im Sattel zu Marion und Hajo hinüber.

„Franzi?“ Jetzt klingt Herr Zill beinahe ein bisschen panisch. Aber noch bevor er irgendetwas tun kann, passiert es. Zwei kleine Kinder rennen plötzlich auf den Platz, Black Storm erschrickt und macht einen Satz zur Seite. Meine Füße rutschen aus den Steigbügeln, und ich hänge auf einmal ganz schief an Black Storms Seite, aber dann kann ich mich doch wieder in den Sattel ziehen.

Panisch greife ich nach den Zügeln und ziehe fest daran. Doch das scheint dem Hengst gar nicht zu gefallen. Wieder bricht er seitlich aus, senkt den Kopf und tobt bockend über den Platz. Ich höre noch die Leute erschrocken aufschreien, dann rast auch schon die Wiese auf mich zu.

Dann ein Schmerz.

Und mir wird schwarz vor Augen.

Caro

Als ich den Krankenwagen in unserer Einfahrt stehen sehe, kriege ich so einen Schreck, dass ich für einen Moment keine Luft mehr bekomme. Oma, denke ich sofort und laufe los.

Hastig wühle ich mich durch die Leute zu dem Rettungswagen und renne direkt in meinen Vater hinein. Er ist so bleich im Gesicht, dass ich kurz denke, die Person im Inneren des Wagens ist tot. Aber der Sanitäter klopft Papa beruhigend auf die Schulter, nachdem er die Schiebetür geschlossen hat. „Das ist halb so wild. Wir schauen es uns im Krankenhaus mal an. Sind Sie der Vater?"

Wortlos schüttelt Papa den Kopf. Als ich seinen Gesichtsausdruck sehe, kapiere ich plötzlich, dass es Franzi ist, mit der etwas geschehen ist.

Mama fasst Papa am Handgelenk. „Wir fahren auf jeden Fall mit!", bestimmt sie und deutet auf mich. „Und du auch. Hol deine Geschwister. Und wir müssen auch Franzis Eltern informieren!"

Beim Gedanken an Franziskas Eltern wird mir speiübel. Die stehen wahrscheinlich gerade mit Herrn Fischer und der Polizei im Garten und versuchen, die Alarmanlage wieder auszuschalten.

Womöglich ist auch schon eine Fahndung nach mir herausgegangen. Denn sicherlich haben die Nachbarn bestätigt, dass sie mich noch nie gesehen haben!

Aber jetzt ist keine Zeit, sich darüber Gedanken zu machen. Wichtig ist, dass Franzi sofort ins Krankenhaus gebracht wird. Ich weiß immer noch nicht, was genau passiert ist. Irgendjemand sagt etwas von Black Storm. Dass er sie abgeworfen hat. Aber warum nur? Black Storm wird eigentlich nur dann wild, wenn er merkt, dass jemand völlig unsicher ist. Und Franzi hat doch schon jede Menge Erfahrung mit Pferden!

Bevor ich mich gemeinsam mit meiner Familie in den VW-Bus quetsche, renne ich eilig zum Ponystall hinüber. Überall auf dem Hof herrscht helle Aufregung. Die meisten Leute machen sich bereits auf den Nachhauseweg und die verlassenen Biertische machen einen recht traurigen Eindruck. Nur Tamara wirkt in all dem Trubel und der Aufregung ganz gelassen.

„Halb so schlimm!“, scheinen ihre treuen Augen mir zu signalisieren, als ich mich vergewissere, dass mit ihr alles in Ordnung ist.

Robert, unser Assistent, bringt eben Black Storm in seine Box zurück. Ein bisschen scheint mir, als würde mir der Hengst einen schuldbewussten Blick zuwerfen.

Dann renne ich zurück zum Auto, und wir beeilen uns, hinter dem Krankenwagen herzukommen. Mein Vater fährt so unkonzentriert, dass er zweimal beinahe eine Ampel übersieht. Durch den Rückspiegel wirft er mir böse Blicke zu.

„Wo warst du eigentlich, als ich dich gebraucht habe?“, herrscht er mich an, und Mama zuckt richtig zusammen neben ihm.

„Sei nicht ungerecht. Caro kann nun wirklich nichts dafür!“, springt Oma rasch für mich ein und drückt Klein Jonas eng an sich.

Aber Papa ist richtig wütend. „Da hätte sonst was passieren können. Ich dachte, die Kleine kennt sich mit Pferden aus. Ich lasse doch nicht eine absolute Anfängerin auf Black Storm reiten!“

Mit quietschenden Reifen preschen wir um eine Kurve und Imke klammert sich an ihrem Gurt fest, als wäre es ein Rettungsanker.

„Jetzt hab dich nicht so“, versucht Mama, Papa zu beruhigen. „Solche Dinge passieren auf einem Reiterhof eben. Ihre Eltern werden dir schon nicht allzu große Vorwürfe machen.“

Betreten starre ich in die vorbeiflitzende Landschaft hinaus. Augenblicklich setzt mein Schluckauf ein.

Franzi

Die Ärztin schiebt mir einen rosaroten Traubenzucker in den Mund und streicht mir eine Haarsträhne aus dem Gesicht.

„Alles in bester Ordnung, junge Frau“, meint sie und zeigt mir eine Röntgenaufnahme. Ich von innen. Sieht irgendwie aus wie die Kosmische Flusslandschaft in unserem Flur. Keine Ahnung, wie da ein Mensch etwas erkennen kann.

„Du warst eine Weile ohnmächtig und hast einen leichten Schock, aber das ist wohl völlig normal, wenn einem so etwas passiert. Und am linken Bein hast du eine ziemlich üble Prellung. Einen dunkelblauen Fleck gibt das auf jeden Fall. Die Knie sind schlimm aufgeschürft. Dafür bekommst du eine Salbe. Aber ansonsten ist zum Glück nichts passiert.“

Ich atme erleichtert auf. Eigentlich wirft mich ja so schnell nichts aus der Bahn. Doch jetzt muss ich auf einmal weinen, ohne dass ich etwas dagegen unternehmen kann. Alles kommt mir in den Sinn: die Arbeit auf dem Reiterhof, die jetzt wahrscheinlich für immer beendet ist. Die Sorgen, die ich Caros Familie bereitet habe. Das Hoffest, das ich ruiniert habe. Und Hajo und diese dumme Marion, die sich bestimmt gerade über mich lustig machen und sich küssen, bis ihnen die Haare ausfallen. Ganz zu schweigen von Mama, die mir den Hals umdrehen wird, wenn sie erfährt, was ich angestellt habe. Wie ich sie angelogen habe und all das.

„Meine Mom bringt mich sicherlich um!“, sage ich verzweifelt zu der netten Ärztin, die mir hilft, von der Liege aufzustehen. Ein bisschen schwindelig ist mir noch. Aber sie hat recht: Offenbar hatte ich Glück im Unglück!

Die Ärztin reicht mir ein Taschentuch und schüttelt den Kopf. „Unsinn. Deine Mutter steht draußen und ist überglücklich, wenn sie erfährt, dass nichts weiter passiert ist.“

Vor Schreck setze ich mich gleich wieder auf die Liege. „Meine Mutter ist hier? Draußen?“

„Nicht nur deine Mutter. Du scheinst ja eine ziemlich große Familie zu haben.“ Die Ärztin öffnet die Tür.

Und da stehen sie tatsächlich alle. Mama und Herr Fischer. Papa und Irene. Frau und Herr Zill mit der Oma. Hajo, Marion, Imke und sogar Klein Jonas. Und die zerknirschte Caro, die als Erste auf mich zugerannt kommt und mir einen dicken Kuss auf die Wange presst.

„Ich habe alles erklärt!“, flüstert sie mir ins Ohr. „Wenn wir Glück haben, stecken sie uns gemeinsam ins Gefängnis!“

Ich lache ein bisschen verzweifelt und werfe Mom einen vorsichtigen Blick zu. Sie steht zwischen Frau Zill und Herrn Fischer, die beide auf sie einreden.

„Es wird alles gut werden“, meint Caro hastig. „Unsere Eltern haben sich lang und breit unterhalten. Deine Mutter hat uns erzählt, dass du noch nie geritten bist. Warum hast du mir das denn nicht erzählt? Aber egal. Ab nächster Woche bekommst du richtigen Reitunterricht. Damit so was nie wieder passiert!“

Ich weiß gar nicht, was ich sagen soll. Mom löst sich aus der Gruppe und kommt mit klappernden Absätzen auf mich zugelaufen. Caro drückt meine Hand.

„Den Polizeieinsatz wegen der Alarmanlage zahle ich natürlich von meinem Kommuniongeld. Dauert sowieso noch ewig lange, bis ich endlich 18 bin!“

Polizeieinsatz und Alarmanlage? Aber ehe mir Caro die ganze Geschichte erzählen kann, hat sich Mama schon zwischen uns gedrängt und nimmt mich ganz fest in die Arme. So fest, dass mir beinahe die Luft wegbleibt.

„Crazy girl!“, sagt sie und küsst mich auf den Kopf.

Und dann kommen auch die anderen.

Die ersten 20 Lebensjahre verbrachte **THiLO** in der Kinderecke der elterlichen Buchhandlung. Anschließend schaute er sich in Afrika, Asien und Mittelamerika um, bevor er mit Freunden als Kabarett-Trio „Die Motzbrocken“ erfolgreich durch die Lande zog (Grazer Kleinkunstpreis/Hessischer Satirepreis).
Heute lebt THiLO mit seiner Frau und drei Kindern in Mainz und schreibt neben seinen Romanen Geschichten und Drehbücher für u.a. Siebenstein, Sesamstraße, Schloss Einstein und Bibi Blocksberg.

Mehr über THiLO und seine Geschichten erfahrt ihr im Internet unter *www.thilos-gute-seite.de*.

Kathrin Schrocke wurde 1975 in Augsburg geboren. Ihre Kindheit verbrachte sie in einem kleinen Dorf, gemeinsam mit ihren Eltern, ihrer Schwester Anne und ihrer Großmutter, einer Zirkusköchin. Nach dem Germanistik-Studium in Bamberg lebte sie für einige Monate in einer mexikanischen Wüstenstadt, später auf einem Bauernhof in Franken und in einem abgelegenen Kloster im lieblichen Taubertal. Dort hatte sie jede Menge Zeit, sich Geschichten auszudenken. Außerdem belegte sie einen Fernkurs zur Kinder- und Jugendliteratur, arbeitete in der Presseabteilung eines Verlages und schrieb Jugendbuch-Rezensionen.

Pferdefreunde – für immer!

Auf dem Reiterhof wird den Sommer über ein Film gedreht und ausgerechnet Sonjas Lieblingspferd wird nun zum Filmpferd der arroganten Jungschauspielerin Harriet! Am liebsten würde Sonja einfach abhauen, doch dann könnte sie Jonathan, der ein Praktikum beim Film macht, nicht wiedersehen … Auch Meike erlebt einen turbulenten Sommer: Sie darf in der Westernstadt die Pflege der edlen Dressurschimmel übernehmen. Aber eigentlich träumt sie davon, auch einmal mitzutrainieren. Und dann ist da noch Basti aus der Nachbarblockhütte. Ob er es ist, den die Sterne für sie vorherbestimmt haben? Mir nichts, dir nichts steckt Meike in Abenteuerferien der ganz besonderen Art …

FSC
Mix
Produktgruppe aus vorbildlich
bewirtschafteten Wäldern und
anderen kontrollierten Herkünften

Zert.-Nr. SGS-COC-1940
www.fsc.org

ISBN 978-3-7855-6291-8
2. Auflage 2008 als Loewe-Taschenbuch
erschienen (in der Serie *Freche Pferde)* unter den Titeln
Ein Reitstall voller Peinlichkeiten (© 2005 Loewe Verlag GmbH, Bindlach)
und *Pleiten, Tricks und ein Pferd zu wenig*
(© 2005 Loewe Verlag GmbH, Bindlach)
Umschlagillustration: Dagmar Henze
Innenillustration: Claudia Weikert
Umschlaggestaltung: Christian Keller
Printed in Germany (007)
www.loewe-verlag.de